42888

BIBLIOTHÈQUE

D'UNE

MAISON DE CAMPAGNE

TOME LXXIII.

HUITIÈME LIVRAISON.

LES MILLE ET UNE NUITS.

LES

MILLE ET UNE NUITS,

CONTES ARABES.

IMPRIMERIE DE LEBÈGUE.

LES
MILLE ET UNE NUITS,

CONTES ARABES,

TRADUITS EN FRANÇAIS

Par M. GALLAND,

MEMBRE DE L'ACADÉMIE DES INSCRIPTIONS
ET BELLES-LETTRES, PROFESSEUR DE LANGUE
ARABE AU COLLÉGE ROYAL.

 TOME TROISIÈME.

A PARIS,

CHEZ LEBÉGUE, IMPRIMEUR-LIBRAIRE,
RUE DES RATS, Nº 14, PRÈS LA PLACE MAUBERT.

1822.

LES
MILLE ET UNE NUITS,
CONTES ARABES.

LXXXIXᵉ NUIT.

Sɪʀᴇ, dit-elle au sultan des Indes, Sindbad continuant de raconter les aventures
de son dernier voyage :

Après que les corsaires, poursuivit-il,
nous eurent tous dépouillés, et qu'ils nous
eurent donné de méchans habits au lieu
des nôtres, ils nous emmenèrent dans
une grande île fort éloignée, où ils nous
vendirent.

Je tombai entre les mains d'un riche
marchand, qui ne m'eut pas plutôt acheté,
qu'il me mena chez lui, où il me fit bien

manger, et habiller proprement en esclave. Quelques jours après, comme il ne s'était pas encore bien informé qui j'étais, il me demanda si je ne savais pas quelque métier. Je lui répondis, sans me faire mieux connaître, que je n'étais pas un artisan, mais un marchand de profession, et que les corsaires qui m'avaient vendu, m'avaient enlevé tout ce que j'avais. « Mais dites-moi, reprit-il, ne pourriez-vous pas tirer de l'arc? Je lui repartis que c'était un des exercices de ma jeunesse, et que je ne l'avais pas oublié depuis. Alors il me donna un arc et des flèches; et m'ayant fait monter derrière lui sur un éléphant, il me mena dans une forêt éloignée de la ville de quelques heures de chemin, et dont l'étendue était très-vaste. Nous y entrâmes fort avant; et lorsqu'il jugea à propos de s'arrêter, il me fit descendre. Ensuite me montrant un grand arbre: « Montez sur cet arbre, me dit-il, et tirez sur les éléphans que vous verrez passer; car il y en a une quantité prodigieuse dans cette forêt. S'il en tombe quelqu'un, venez m'en donner avis. »

Après m'avoir dit cela, il me laissa des vivres, reprit le chemin de la ville, et je demeurai sur l'arbre à l'affût pendant toute la nuit.

Je n'en aperçus aucun pendant tout ce temps-là ; mais le lendemain, d'abord que le soleil fut levé, j'en vis paraître un grand nombre. Je tirai dessus plusieurs flèches ; et enfin il en tomba un par terre. Les autres se retirèrent aussitôt, et me laissèrent la liberté d'aller avertir mon patron de la chasse que je venais de faire. En faveur de cette nouvelle, il me régala d'un bon repas, loua mon adresse, et me caressa fort. Puis nous allâmes ensemble à la forêt, où nous creusâmes une fosse, dans laquelle nous enterrâmes l'éléphant que j'avais tué. Mon maître se proposait de revenir lorsque l'animal serait pourri, et d'enlever les dents pour en faire commerce.

Je continuai cette chasse pendant deux mois, et il ne se passait pas de jour que je ne tuasse un éléphant. Je ne me mettais pas toujours à l'affût sur le même arbre ; je me plaçais tantôt sur l'un, tantôt sur l'autre. Un matin que j'attendais l'arrivée des éléphans, je m'aperçus avec un extrême étonnement, qu'au lieu de passer devant moi en traversant la forêt comme à l'ordinaire, ils s'arrêtèrent, et vinrent à moi avec un horrible bruit et en si grand nombre, que la terre en était couverte et tremblait sous leurs pas. Ils s'approchèrent de l'arbre où j'étais monté, et l'environnèrent tous, la trompe étendue et les yeux attachés sur moi. A ce spectacle étonnant, je restai immobile et saisi d'une telle frayeur, que mon arc et mes flèches me tombèrent des mains.

Je n'étais pas agité d'une crainte vaine. Après que les éléphans m'eurent regardé quelque temps, un des plus gros embrassa l'arbre par le bas avec sa trompe, et fit un si puissant effort, qu'il le déracina et le renversa par terre. Je tombai avec l'arbre; mais l'animal me prit avec sa trompe, et me chargea sur son dos, où je m'assis plus mort que vif avec le carquois attaché à mes épaules. Il se mit ensuite à la tête de tous les autres qui le suivaient en troupe, et me porta jusqu'à un endroit où, m'ayant posé à terre, il se retira avec tous ceux qui l'accompagnaient. Concevez, s'il est possible, l'état où j'étais; je croyais plutôt dormir que veiller. Enfin, après avoir été quelque temps étendu sur la place, ne voyant plus d'éléphant, je me levai, et je remarquai que j'étais sur une colline assez longue et assez large, toute couverte d'ossemens et de dents d'éléphans. Je vous avoue que cet objet me fit faire une infinité de réflexions. J'admirai l'instinct de ces animaux. Je ne doutai point que ce ne fût là leur cimetière, et qu'ils ne m'y eussent apporté exprès pour me l'enseigner, afin que je cessasse de les persécuter, puisque je le faisais dans la vue seule d'avoir leurs dents. Je ne m'arrêtai pas sur la colline, je tournai mes pas vers la ville; et après avoir marché un jour et une nuit, j'arrivai chez mon patron. Je ne rencontrai aucun éléphant sur ma route; ce qui me fit connaître qu'ils s'étaient éloignés plus avant dans la forêt, pour me laisser la liberté d'aller sans obstacle à la colline.

Dès que mon patron m'aperçut : « Ah!
pauvre Sindbad, me dit-il, j'étais dans
une grande peine de savoir ce que tu
pouvais être devenu! J'ai été à la forêt,
j'y ai trouvé un arbre nouvellement déra-
ciné, un arc et des flèches par terre; et
après t'avoir inutilément cherché, je dé-
sespérais de te revoir jamais. Raconte-
moi, je te prie, ce qui t'est arrivé. Par
quel bonheur es-tu encore en vie? » Je
satisfis sa curiosité; et le lendemain étant
allés tous deux à la colline, il reconnut
avec une extrême joie la vérité de ce que
je lui avais dit. Nous chargeâmes l'éléphant sur lequel nous étions venus, de
tout ce qu'il pouvait porter de dents; et
lorsque nous fûmes de retour : « Mon
frère, me dit-il (car je ne veux plus vous
traiter en esclave, après le plaisir que
vous venez de me faire par une découverte qui va m'enrichir), que Dieu vous
comble de toutes sortes de biens et de
prospérités! Je déclare devant lui que je
vous donne la liberté. Je vous avais dis-
simulé ce que vous allez entendre : les
éléphans de notre forêt nous font périr

chaque année une infinité d'esclaves que
nous envoyons chercher de l'ivoire : quelques conseils que nous leur donnions, ils
perdent tôt ou tard la vie par les ruses
de ces animaux. Dieu vous a délivré de
leur furie, et n'a fait cette grâce qu'à
vous seul : c'est une marque qu'il vous
chérit, et qu'il a besoin de vous dans le
monde pour le bien que vous y devez
faire. Vous me procurez un avantage in-
croyable : nous n'avons pu avoir d'ivoire
jusqu'à présent, qu'en exposant la vie de
nos esclaves ; et voilà toute notre ville
enrichie par votre moyen. Ne croyez pas
que je prétende vous avoir assez récom-
pensé par la liberté que vous venez de
recevoir ; je veux ajouter à ce don des
biens considérables. Je pourrais engager
toute la ville à faire votre fortune ; mais
c'est une gloire que je veux avoir moi
seul. »

A ce discours obligeant, je répondis :
« Patron, Dieu vous conserve ! La liberté
que vous m'accordez, suffit pour vous acquitter envers moi ; et pour toute récom-
pense du service que j'ai eu le bonheur de

vous rendre, à vous et à votre ville, je ne
vous demande que la permission de retourner en mon pays. » « Hé bien, répliqua-t-il, Moçon * nous amènera bientôt
des navires qui viendront charger de l'i-
voire. Je vous renverrai alors, et vous
donnerai de quoi vous conduire chez
vous. » Je le remerciai de nouveau de la
liberté qu'il venait de me donner, et des
bonnes intentions qu'il avait pour moi. Je
demeurai chez lui en attendant le Moçon;
et pendant ce temps-là nous fîmes tant de
voyages à la colline, que nous remplîmes
ses magasins d'ivoire. Tous les marchands
de la ville qui en négociaient, firent la
même chose; car cela ne leur fut pas
long-temps caché.

A ces paroles, Scheherazade apercevant la pointe du jour, cessa de poursuivre son discours. Elle le reprit la nuit
suivante, et dit au sultan des Indes :

---

* Moussons; vents périodiques qui, dans la
mer des Indes, soufflent régulièrement, alternativement et pendant plusieurs mois du couchant au levant, et du levant au couchant.

~~~~~~

XC^e NUIT.

Sire, Sindbad continuant le récit de son septième voyage :

Les navires, dit-il, arrivèrent enfin ; et mon patron ayant choisi lui-même celui sur lequel je devais m'embarquer, le chargea d'ivoire, à demi pour mon compte. Il n'oublia pas d'y faire mettre aussi des provisions en abondance pour mon passage ; et de plus, il m'obligea d'accepter des régals de grand prix, des curiosités du pays. Après que je l'eus remercié autant qu'il me fut possible de tous les bienfaits que j'avais reçus de lui, je m'embarquai. Nous mîmes à la voile ; et comme l'aventure qui m'avait procuré la liberté était fort extraordinaire, j'en avais toujours l'esprit occupé.

Nous nous arrêtâmes dans quelques îles pour y prendre des rafraîchissemens. Notre vaisseau étant parti d'un port de terre-ferme des Indes, nous y allâmes aborder ; et là, pour éviter les dangers de

la mer jusqu'à Balsora, je fis débarquer
l'ivoire qui m'appartenait, résolu de continuer mon voyage par terre. Je tirai de
mon ivoire une grosse somme d'argent ;
j'en achetai plusieurs choses rares pour
en faire des présens ; et quand mon équipage fut prêt, je me joignis à une grosse
caravane de marchands. Je demeurai
long-temps en chemin, et je souffris beaucoup ; mais je souffrais avec patience, en
faisant réflexion que je n'avais plus à
craindre ni les tempêtes, ni les corsaires,
ni les serpens, ni tous les autres périls
que j'avais courus. Toutes ces fatigues finirent enfin : j'arrivai heureusement à Bagdad. J'allai d'a-
bord me présenter au calife, et lui rendre
compte de mon ambassade. Ce prince me
dit que la longueur de mon voyage lui
avait causé de l'inquiétude ; mais qu'il
avait pourtant toujours espéré que Dieu
ne m'abandonnerait point. Quand je lui
appris l'aventure des éléphans, il en parut fort surpris ; et il aurait refusé d'y
ajouter foi, si ma sincérité ne lui eût pas
été connue. Il trouva cette histoire et les

autres que je lui racontai ſ curieuses,
qu'il chargea un de ses secrétaires de les
écrire en caractères d'or, pour être con-
servés dans son trésor. Je me retirai très-
content de l'honneur et des présens qu'il
me fit ; puis je me donnai tout entier à
ma famille, à mes parens et à mes amis.

Ce fut ainsi que Sindbad acheva le récit de son septième et dernier voyage ;
et s'adressant ensuite à Hindbad : « Hé
bien, mon ami, ajouta-t-il, avez - vous
jamais ouï dire que quelqu'un ait souffert
autant que moi, ou qu'aucun mortel se
soit trouvé dans des embarras si pressans ?
N'est-il pas juste qu'après tant de tra-
vaux, je jouisse d'une vie agréable et
tranquille ? » Comme il achevait ces
mots, Hindbad s'approcha de lui, et lui
dit en lui baisant la main : « Il faut avouer,
Seigneur, que vous avez essuyé d'ef-
froyables périls ; mes peines ne sont pas
comparables aux vôtres. Si elles m'affli-
gent dans le temps que je les souffre, je
m'en console par le petit profit que j'en
tire. Vous méritez non-seulement une vie
tranquille ; vous êtes digne encore de tous

les biens que vous possédez, puisque vous en faites un si bon usage, et que vous êtes si généreux. Continuez donc à vivre dans la joie jusqu'à l'heure de votre mort. »

Sindbad lui fit donner encore cent sequins, le reçut au nombre de ses amis, lui dit de quitter sa profession de porteur, et de continuer à venir manger chez lui; qu'il aurait lieu de se souvenir toute sa vie de Sindbad, le marin.

Scheherazade, voyant qu'il n'était pas encore jour, continua de parler, et commença une autre histoire.

LES TROIS POMMES.

Sire, dit-elle, j'ai déjà eu l'honneur d'entretenir Votre Majesté d'une sortie que le calife Haroun Alraschid fit une nuit de son palais; il faut que je vous en raconte une autre:

Un jour ce prince avertit le grand-visir Giafar de se trouver au palais la nuit prochaine. « Visir, lui dit-il, je veux faire le tour de la ville, et m'informer de ce qu'on y dit, et particulièrement si on est content de mes officiers de justice. S'il y en a dont on ait raison de se plaindre, nous les déposerons pour en mettre d'autres à leurs places, qui s'acquitteront mieux de leur devoir. Si au contraire il y en a dont on se loue, nous aurons pour eux les égards qu'ils méritent. » Le grand-visir s'étant rendu au palais à l'heure marquée, le calife, lui et Mesrour, chef des eunuques, se déguisèrent pour n'être pas connus, et sortirent tous trois ensemble.

Ils passèrent par plusieurs places et par plusieurs marchés ; et en entrant dans une petite rue, ils virent au clair de la lune un bonhomme à barbe blanche, qui avait la taille haute, et qui portait des filets sur sa tête. Il avait au bras un panier pliant de feuilles de palmier, et un bâton à la main. « A voir ce vieillard, dit le calife, il n'est pas riche : abordons-le, et lui demandons l'état de sa fortune. » « Bonhomme, lui dit le visir, qui es-tu ? » « Seigneur, lui répondit le vieillard, je suis pêcheur ; mais le plus pauvre et le plus misérable de ma profession. Je suis

sorti de chez moi tantôt sur le midi pour
aller pêcher, et depuis ce temps-là jusqu'à présent, je n'ai pas pris le moindre
poisson. Cependant j'ai une femme et de
petits enfans, et je n'ai pas de quoi les
nourrir.

Le calife, touché de compassion, dit
au pêcheur : « Aurais-tu le courage de
retourner sur tes pas, et de jeter tes filets
encore une fois seulement ? Nous te don-
nerons cent sequins de ce que tu amène-
ras. » Le pêcheur, à cette proposition,
oubliant toute la peine de la journée, prit
le calife au mot, et retourna vers le Tigre
avec lui, Giafar et Mesrour, en disant
en lui-même : « Ces seigneurs paraissent
trop honnêtes et trop raisonnables pour
ne pas me récompenser de ma peine ; et
quand ils ne me donneraient que la cen-
tième partie de ce qu'ils me promettent,
ce serait encore beaucoup pour moi. »

Ils arrivèrent au bord du Tigre ; le pêcheur y jeta ses filets, puis les ayant tirés,
il amena un coffre bien fermé et fort pe-
sant qui s'y trouva. Le calife lui fit compter aussitôt cent sequins par le grand-

visir, et le renvoya. Mesrour chargea le
coffre sur ses épaules, par l'ordre de son
maître, qui, dans l'empressement de savoir ce qu'il y avait dedans, retourna au
palais en diligence. Là, le coffre ayant
été ouvert, on y trouva un grand panier
pliant de feuilles de palmier, fermé et
cousu par l'ouverture avec un fil de laine
rouge. Pour satisfaire l'impatience du calife, on ne se donna pas la peine de le
découdre ; on coupa promptement le fil
avec un couteau, et l'on tira du panier
un paquet enveloppé dans un méchant
tapis, et lié avec de la corde. La corde
déliée et le paquet défait, on vit avec
horreur le corps d'une jeune dame, plus
blanc que de la neige, et coupé par mor-
ceaux....

Scheherazade, en cet endroit, remarquant qu'il était jour, cessa de parler.
Le lendemain, elle reprit la parole de
cette manière :

XCIᵉ NUIT.

SIRE, Votre Majesté s'imaginera mieux elle-même que je ne le puis faire comprendre par mes paroles, quel fut l'étonnement du calife à cet affreux spectacle. Mais de la surprise il passa en un instant à la colère ; et lançant au visir un regard furieux : « Ah ! malheureux, lui dit-il, est-ce donc ainsi que tu veilles sur les actions de mes peuples ? On commet impunément sous ton ministère des assassinats dans ma capitale, et l'on jette mes sujets dans le Tigre, afin qu'ils crient vengeance contre moi au jour du jugement. Si tu ne venges promptement le meurtre de cette femme par la mort de son meurtrier, je jure par le saint nom de Dieu, que je te ferai pendre, toi et quarante de ta parenté. » « Commandeur des croyans, lui dit le grand-visir, je supplie Votre Majesté de m'accorder du temps pour faire des perquisitions. » « Je ne te donne que trois jours pour cela, repartit le calife ; c'est à toi d'y songer. »

Le visir Giafar se retira chez lui dans une grande confusion de sentimens. « Hélas! disait-il, comment, dans une ville aussi vaste et aussi peuplée que Bagdad, pourrai-je déterrer un meurtrier, qui sans doute a commis ce crime sans témoins, et qui est peut-être déjà sorti de cette ville? Un autre que moi tirerait de prison un misérable, et le ferait mourir pour contenter le calife; mais je ne veux pas charger ma conscience de ce forfait, et j'aime mieux mourir que de me sauver à ce prix-là. »

Il ordonna aux officiers de police et de justice qui lui obéissaient, de faire une exacte recherche du criminel. Ils mirent leurs gens en campagne, et s'y mirent eux-mêmes, ne se croyant guère moins intéressés que le visir en cette affaire. Mais tous leurs soins furent inutiles : quelque diligence qu'ils y apportèrent, ils ne purent découvrir l'auteur de l'assassinat; et le visir jugea bien que sans un coup du Ciel, c'était fait de sa vie.

Effectivement, le troisième jour étant venu, un huissier arriva chez ce malheu-

reux ministre, et le somma de le suivre.
Le visir obéit ; et le calife lui ayant demandé où était le meurtrier : « Commandeur des croyans, lui répondit-il les larmes aux yeux, je n'ai trouvé personne
qui ait pu m'en donner la moindre nouvelle. » Le calife lui fit des reproches rem-
plis d'emportement et de fureur, et commanda qu'on le pendît devant la porte du
palais, lui et quarante des Barmecides*.

Pendant que l'on travaillait à dresser
les potences, et qu'on se saisissait des
quarante Barmecides dans leurs maisons,
un crieur public alla, par ordre du calife, faire ce cri dans tous les quartiers de
la ville :

« Qui veut avoir la satisfaction de voir
« pendre le grand-visir Giafar, et qua-
« rante des Barmecides ses parens, qu'il
« vienne à la place qui est devant le
« palais. »

Lorsque tout fut prêt, le juge criminel

---

* Les Barmecides : nom d'une des familles des
plus illustres, après les maisons souveraines de
l'Asie.

et un grand nombre d'huissiers du palais
amenèrent le grand-visir avec les quarante
Barmécides, les firent disposer chacun au
pied de la potence qui lui était destinée,
et on leur passa autour du cou la corde
avec laquelle ils devaient être levés en
l'air. Le peuple, dont toute la place était
remplie, ne put voir ce triste spectacle
sans douleur et sans verser des larmes;
car le grand-visir Giafar et les Barmecides étaient chéris et honorés pour leur
probité, leur libéralité et leur désintéres-
sement, non-seulement à Bagdad, mais
même par tout l'Empire du calife.

Rien n'empêchait qu'on n'exécutât l'ordre irrévocable de ce prince trop sévère;
et on allait ôter la vie aux plus honnêtes
gens de la ville, lorsqu'un jeune homme
très - bien fait et fort proprement vêtu
fendit la presse, pénétra jusqu'au grand-
visir, et après lui avoir baisé la main :
« Souverain Visir, lui dit-il, chef des émirs
de cette Cour, refuge des pauvres, vous
n'êtes pas coupable du crime pour lequel
vous êtes ici. Retirez-vous, et me laissez
expier la mort de la dame qui a été jetée

dans le Tigre. C'est moi qui suis son meurtrier, et je mérite d'en être puni. »

Quoique ce discours causât beaucoup de joie au visir, il ne laissa pas d'avoir pitié du jeune homme, dont la physionomie, au lieu de paraître sinistre, avait quelque chose d'engageant; et il allait lui répondre, lorsqu'un grand homme d'un âge déjà fort avancé, ayant aussi fendu la presse, arriva, et dit au visir : « Seigneur, ne croyez rien de ce que vous dit ce jeune homme; nul autre que moi n'a tué la dame qu'on a trouvée dans le coffre; c'est sur moi seul que doit tomber le châtiment. Au nom de Dieu, je vous conjure de ne pas punir l'innocent pour le coupable. » « Seigneur, reprit le jeune homme, en s'adressant au visir, je vous jure que c'est moi qui ai commis cette méchante action, et que personne au monde n'en est complice. » « Mon fils, interrompit le vieillard, c'est le désespoir qui vous a conduit ici, et vous voulez prévenir votre destinée; pour moi, il y a long-temps que je suis au monde, je dois en être détaché. Laissez-moi donc sacrifier ma vie pour la vôtre. Seigneur, ajouta-t-il en s'adressant au grand-visir, je vous le répète encore, c'est moi qui suis l'assassin : faites - moi mourir, et ne différez pas.

La contestation du vieillard et du jeune homme obligea le visir Giafar à les mener tous deux devant le calife, avec la permission de l'officier chargé de présider à cette terrible exécution, qui se faisait un plaisir de le favoriser. Lorsqu'il fut en présence de ce prince, il baisa la terre par sept fois, et parla de cette manière : « Commandeur des croyans, j'amène à Votre Majesté ce vieillard et ce jeune homme, qui se disent, tous deux séparément, meurtriers de la dame. » Alors le calife demanda aux accusés qui des deux avait massacré la dame si cruellement, et l'avait jetée dans le Tigre. Le jeune homme assura que c'était lui ; mais le vieillard, de son côté, soutenant le contraire : « Allez, dit le calife au grand-visir, faites-les pendre tous deux. » « Mais, Sire, dit le visir, s'il n'y en a qu'un de criminel, il y aurait de l'injustice à faire mourir l'autre. »

A ces mots, le jeune homme reprit :

« Je jure, par le grand Dieu qui a élevé
les cieux à la hauteur où ils sont, que
c'est moi qui ai tué la dame, qui l'ai coupée par quartiers, et jetée dans le Tigre
il y a quatre jours. Je ne veux point avoir
de part avec les autres au jour du jugement, si ce que je dis n'est pas véritable;
ainsi je suis celui qui doit être puni. » Le
calife fut surpris de ce serment, et y
ajouta foi d'autant plus que le vieillard
n'y répliqua rien. C'est pourquoi se tournant vers le jeune homme : « Malheureux,
lui dit-il, pour quel sujet as-tu commis
un crime si détestable; et quelle raison
peux-tu avoir d'être venu t'offrir toi-
même à la mort? » « Commandeur des
croyans, répondit-il, si l'on mettait par
écrit tout ce qui s'est passé entre cette
dame et moi, ce serait une histoire qui
pourrait être utile aux hommes. » Ra-
conte-nous-la donc, répliqua le calife, je
te l'ordonne. » Le jeune homme obéit, et
commença son récit de cette sorte.

Scheherazade voulait continuer; mais
elle fut obligée de remettre cette histoire
à la nuit suivante.

~~~~~~

XCII^e NUIT.

SCHAHRIAR prévint la Sultane, et lui demanda ce que le jeune homme avait raconté au calife Haroun Alraschid. « Sire, répondit Scheherazade, il prit la parole, et parla dans ces termes : »

HISTOIRE

DE LA DAME MASSACRÉE, ET DU JEUNE HOMME SON MARI.

COMMANDEUR des croyans, Votre Majesté saura que la dame massacrée était ma femme, fille de ce vieillard que vous voyez, qui est mon oncle paternel. Elle n'avait que douze ans, quand il me la donna en mariage, et il y en a onze d'écoulés depuis ce temps-là. J'ai eu d'elle trois enfans mâles, qui sont vivans; et je dois lui rendre cette justice, qu'elle ne m'a jamais donné le moindre sujet de déplaisir. Elle était sage, de bonnes mœurs,

et mettait toute son attention à me plaire.
De mon côté, je l'aimais parfaitement, et
je prévenais tous ses désirs, bien loin de
m'y opposer.

Il y a environ deux mois qu'elle tomba
malade : j'en eus tout le soin imaginable,
et je n'épargnai rien pour lui procurer
une prompte guérison. Au bout d'un mois,
elle commença à se mieux porter, et voulut aller au bain. Avant que de sortir du
logis, elle me dit : « Mon cousin, car elle
m'appelait ainsi par familiarité, j'ai envie
de manger des pommes ; vous me feriez
un extrême plaisir si vous pouviez m'en
trouver ; il y a long-temps que cette envie
me tient, et je vous avoue qu'elle s'est
augmentée à un point, que si elle n'est
bientôt satisfaite, je crains qu'il ne m'arrive quelque disgrâce. » « Très-volontiers,
lui répondis-je ; je vais faire tout mon possible pour vous contenter. »

J'allai aussitôt chercher des pommes
dans tous les marchés et dans toutes les
boutiques ; mais je n'en pus trouver une,
quoique j'offrisse d'en donner un sequin.
Je revins au logis, fort fâché de la peine

que j'avais prise inutilement. Pour ma
femme, quand elle fut revenue du bain,
et qu'elle ne vit point de pommes, elle en
eut un chagrin qui ne lui permit pas de
dormir la nuit. Je me levai de grand matin, et allai dans tous les jardins ; mais je
ne réussis pas mieux que le jour précédent. Je rencontrai seulement un vieux
jardinier qui me dit, que quelque peine
que je me donnasse, je n'en trouverais
point ailleurs qu'au jardin de Votre Majesté à Balsora.

Comme j'aimais passionnément ma
femme, et que je ne voulais pas avoir à
me reprocher d'avoir négligé de la satisfaire, je pris un habit de voyageur ; et
après l'avoir instruite de mon dessein, je
partis pour Balsora. Je fis une si grande
diligence, que je fus de retour au bout de
quinze jours. Je rapportai trois pommes
qui m'avaient coûté un sequin la pièce. Il
n'y en avait pas davantage dans le jardin, et le jardinier n'avait pas voulu me
les donner à meilleur marché. En arrivant, je les présentai à ma femme ; mais
il se trouva que l'envie lui en était passée.

Ainsi elle se contenta de les recevoir, et les posa à côté d'elle. Cependant elle était toujours malade, et je ne savais quel remède apporter à son mal.

Peu de jours après mon voyage, étant assis dans ma boutique, au lieu public où l'on vend toutes sortes d'étoffes fines, je vis entrer un grand esclave noir, de fort méchante mine, qui tenait à la main une pomme que je reconnus pour une de celles que j'avais apportées de Balsora. Je n'en pouvais douter, puisque je savais qu'il n'y en avait pas une dans Bagdad ni dans tous les jardins aux environs. J'appelai l'esclave : « Bon Esclave, lui dis-je, apprends-moi, je te prie, où tu as pris cette pomme ? » « C'est, me répondit-il en souriant, un présent que m'a fait mon amoureuse. J'ai été la voir aujourd'hui, et je l'ai trouvée un peu malade. J'ai vu trois pommes auprès d'elle, et je lui ai demandé d'où elle les avait eues; elle m'a répondu que son bonhomme de mari avait fait un voyage de quinze jours exprès pour les lui aller chercher, et qu'il les lui avait apportées. Nous avons fait collation ensemble, et en la quittant, j'en ai pris et emporté une que voici. »

Ce discours me mit hors de moi-même. Je me levai de ma place ; et après avoir fermé ma boutique , je courus chez moi avec empressement , et montai à la chambre de ma femme. Je regardai d'abord où étaient les pommes , et n'en voyant que deux , je demandai où était la troisième. Alors ma femme ayant tourné la tête du côté des pommes , et n'en ayant aperçu que deux, me répondit froidement : « Mon cousin, je ne sais ce qu'elle est devenue. » A cette réponse, je ne fis pas de difficulté de croire que ce que m'avait dit l'esclave ne fût veritable. En même temps je me laissai emporter à une fureur jalouse; et tirant un couteau qui était attaché à ma ceinture , je le plongeai dans la gorge de cette misérable. Ensuite je lui coupai la tête, et mis son corps par quartiers ; j'en fis un paquet que je cachai dans un panier pliant ; et après avoir cousu l'ouverture du panier avec un fil de laine rouge, je l'enfermai dans un coffre que je chargeai sur mes épaules dès qu'il fut nuit., et que j'allai jeter dans le Tigre.

Les deux plus petits de mes enfans étaient déjà couchés et endormis, et le troisième était hors de la maison ; je le trouvai à mon retour assis près de la porte, et pleurant à chaudes larmes. Je lui demandai le sujet de ses pleurs. « Mon père, me dit-il, j'ai pris ce matin à ma mère, sans qu'elle en ait rien vu, une des trois pommes que vous lui avez apportées. Je l'ai gardée long-temps ; mais comme je jouais tantôt dans la rue avec mes petits frères, un grand esclave qui passait, me l'a arrachée de la main, et l'a emportée; j'ai couru après lui en la lui redemandant ; mais j'ai eu beau lui dire qu'elle appartenait à ma mère qui était malade, que vous aviez fait un voyage de quinze jours pour l'aller chercher, tout cela a été inutile; il n'a pas voulu me la rendre : et comme je le suivais en criant après lui, il s'est retourné, m'a battu, et puis s'est mis à courir de toute sa force par plusieurs rues détournées, de manière que je l'ai perdu de vue. Depuis ce temps-là, j'ai été me promener hors de la ville en attendant que vous revinssiez ; et je vous attendais , mon père , pour vous prier de n'en rien dire à ma mère , de peur que cela ne la rendît plus malade. » En achevant ces mots il redoubla ses larmes.

Le discours de mon fils me jeta dans une affliction inconcevable ; je reconnus alors l'énormité de mon crime , et je me repentis, mais trop tard , d'avoir ajouté foi aux impostures du malheureux esclave, qui, sur ce qu'il avait appris de mon fils , avait composé la funeste fable que j'avais prise pour une vérité. Mon oncle , qui est ici présent , arriva sur ces entrefaites: il venait pour voir sa fille ; mais au lieu de la trouver vivante, il apprit par moi-même qu'elle n'était plus ; car je ne lui déguisai rien ; et sans attendre qu'il me condamnât , je me déclarai moi-même le plus criminel de tous les hommes. Néanmoins , au lieu de m'accabler de justes reproches, il joignit ses pleurs aux miens , et nous pleurâmes ensemble trois jours sans relâche , lui, la perte d'une fille qu'il avait toujours tendrement aimée , et moi , celle d'une femme qui m'était chère, et dont je m'étais privé d'une manière si cruelle, et pour avoir trop légèrement cru le rapport d'un esclave menteur. « Voilà, Commandeur des croyans, l'aveu sincère que Votre Majesté a exigé de moi. Vous savez à présent toutes les circonstances de mon crime, et je vous supplie très-humblement d'en ordonner la punition : quelque rigoureuse qu'elle puisse être, je n'en murmurerai point, et je la trouverai trop légère. »

Le calife fut dans un grand étonnement.

Scheherazade, en prononçant ces derniers mots, s'aperçut qu'il était jour : elle cessa de parler ; mais la nuit suivante, elle reprit ainsi son discours :

XCIII^e NUIT.

SIRE, dit-elle, le calife fut extrêmement étonné de ce que le jeune homme venait de lui raconter. Mais ce prince équitable, trouvant qu'il était plus à plaindre qu'il n'était criminel, entra dans ses intérêts. « L'action de ce jeune homme, dit-il, est pardonnable devant Dieu, et excusable auprès des hommes. Le méchant esclave est la cause unique de ce meurtre ; c'est lui seul qu'il faut punir. C'est pourquoi, continua-t-il en s'adressant au grand-visir, je te donne trois jours pour le trouver. Si tu ne me l'amènes dans ce terme, je te ferai mourir à sa place. »

Le malheureux Giafar, qui s'était cru hors de danger, fut accablé de ce nouvel ordre du calife ; mais comme il n'osait rien répliquer à ce prince dont il connaissait l'humeur, il s'éloigna de sa présence, et se retira chez lui les larmes aux yeux, persuadé qu'il n'avait plus que trois jours à vivre. Il était tellement convaincu qu'il ne trouverait point l'esclave, qu'il n'en fit pas la moindre recherche. « Il n'est pas possible, disait-il, que dans une ville telle que Bagdad, où il y a une infinité d'esclave noirs ; je démêle celui dont il s'agit. A moins que Dieu ne me le fasse connaître, comme il m'a déjà fait découvrir l'assassin, rien ne peut me sauver. »

Il passa les deux premiers jours à s'affliger avec sa famille, qui gémissait autour de lui, en se plaignant de la rigueur du

calife. Le troisième étant venu, il se disposa à mourir avec fermeté, comme un
ministre intègre, et qui n'avait rien à se
reprocher. Il fit venir des cadis et des
témoins qui signèrent le testament qu'il
fit en leur présence. Après cela, il embrassa sa femme et ses enfans, et leur dit
le dernier adieu. Toute sa famille fondait
en larmes. Jamais spectacle ne fut plus
touchant. Enfin, un huissier du palais arriva, qui lui dit que le calife s'impatientait
de n'avoir ni de ses nouvelles, ni de celles
de l'esclave noir qu'il lui avait commandé
de chercher. J'ai ordre, ajouta-t-il, de
vous mener devant son trône. L'affligé
visir se mit en état de suivre l'huissier.
Mais comme il allait sortir, on lui amena
la plus petite de ses filles, qui pouvait
avoir cinq ou six ans. Les femmes qui
avaient soin d'elle la venaient présenter à
son père, afin qu'il la vît pour la dernière fois.

Comme il avait pour elle une tendresse
particulière, il pria l'huissier de lui permettre de s'arrêter un moment. Alors il
s'approcha de sa fille, la prit entre ses

bras et la baisa plusieurs fois. En la baisant, il s'aperçut qu'elle avait dans le sein quelque chose de gros, et qui avait de l'odeur. « Ma chère petite, lui dit-il, qu'avez-vous dans le sein ? » « Mon cher père, lui répondit-elle, c'est une pomme sur laquelle est écrit le nom du calife notre seigneur et maître. Rihan, notre esclave, me l'a vendue deux sequins. »

Aux mots de pomme et d'esclave, le grand visir Giafar fit un cri de surprise mêlée de joie, et mettant aussitôt la main dans le sein de sa fille, il en tira la pomme. Il fit appeler l'esclave, qui n'était pas loin; et lorsqu'il fut devant lui : « Maraud, lui dit-il, où as-tu pris cette pomme ? » « Seigneur, répondit l'esclave, je vous jure que je ne l'ai dérobée, ni chez vous ni dans le jardin du Commandeur des croyans. L'autre jour, comme je passais dans une rue auprès de trois ou quatre petits enfans qui jouaient, et dont l'un la tenait à la main, je la lui arrachai, et l'emportai. L'enfant courut après moi, en me disant que la pomme n'était pas à lui, mais à sa mère qui était malade; que son père, pour contenter l'envie qu'elle en avait, avait fait un long voyage, d'où il en avait apporté trois; que celle-là en était une qu'il avait prise sans que sa mère en sût rien. Il eut beau me prier de la lui rendre, je n'en voulus rien faire; je l'emportai au logis, et la vendis deux sequins à la petite dame votre fille. Voilà tout ce que j'ai à vous dire. »

Giafar ne put assez admirer comment la friponnerie d'un esclave avait été cause de la mort d'une femme innocente, et presque de la sienne. Il mena l'esclave avec lui; et quand il fut devant le calife, il fit à ce prince un détail exact de tout ce que lui avait dit l'esclave, et du hasard par lequel il avait découvert son crime.

Jamais surprise n'égala celle du calife. Il ne put se contenir, ni s'empêcher de faire de grands éclats de rire. A la fin, il reprit un air sérieux, et dit au visir, que, puisque son esclave avait causé un si étrange désordre, il méritait une punition exemplaire « Je ne puis en disconvenir, Sire, répondit le visir; mais son crime n'est pas irrémissible. Je sais une histoire plus surprenante d'un visir du Caire, Noureddin * Ali, et de Bedreddin ** Hassan de Balsora. Comme Votre Majesté prend plaisir à en entendre de semblables, je suis prêt à vous la raconter, à condition que si vous la trouvez plus étonnante que celle qui me donne occasion de vous la dire, vous ferez grâce à mon esclave. » « Je le veux bien, repartit le calife ; mais vous vous engagez dans une grande entreprise, et je ne crois pas que vous puissiez sauver votre esclave ; car l'histoire des pommes est fort singulière. »

Giafar prenant alors la parole, commença son récit dans ces termes :

HISTOIRE

DE NOUREDDIN ALI, ET DE BEDREDDIN HASSAN.

COMMANDEUR des croyans, il y avait autrefois en Egypte un Sultan, grand

---

* Noureddin signifie, en arabe, la lumière de la religion.

** Bedreddin, la pleine lune de la religion.

observateur de la justice, bienfaisant, mi-
séricordieux, libéral. Sa valeur le rendait
redoutable à ses voisins. Il aimait les pauvres, et protégeait les savans, qu'il élevait
aux premières charges. Le visir de ce Sultan était un homme prudent, sage, pénétrant, consommé dans les belles-lettres et
dans toutes les sciences. Ce ministre avait
deux fils très-bien faits, et qui marchaient
l'un et l'autre sur ses traces : l'aîné se
nommait Schemseddin * Mohammed, et
le cadet Nouréddin Ali. Ce dernier prin-
cipalement avait tout le mérite qu'on peut
avoir. Le visir leur père étant mort, le
Sultan les envoya chercher, et les ayant
fait revêtir tous deux d'une robe de visir
ordinaire : « J'ai bien du regret, leur dit-
il, de la perte que vous venez de faire.
Je n'en suis pas moins touché que vous-
mêmes. Je veux vous le témoigner ; et
comme je sais que vous demeurez ensemble, et que vous êtes parfaitement
unis, je vous gratifie l'un et l'autre de

---

* Schemseddin signifie le soleil de la religion ;
Mohammed est le même nom que Mahomet.

la même dignité. Allez, et imitez votre
père. »

Les deux nouveaux visirs remercièrent
le Sultan de sa bonté, et se retirèrent chez
eux, où ils prirent soin des funérailles de
leur père. Au bout d'un mois, ils firent
leur première sortie ; ils allèrent pour la
première fois au conseil du Sultan, et depuis ils continuèrent d'y assister régulièrement les jours qu'il s'assemblait. Toutes
les fois que le Sultan allait à la chasse, un
des deux frères l'accompagnait, et ils
avaient alternativement cet honneur. Un
jour qu'ils s'entretenaient après le souper
de choses indifférentes, c'était la veille
d'une chasse où l'aîné devait suivre le
Sultan, ce jeune homme dit à son cadet :
« Mon frère, puisque nous ne sommes
point encore mariés, ni vous ni moi, et
que nous vivons dans une si bonne union,
il me vient une pensée : épousons tous
deux en un même jour deux sœurs que
nous choisirons dans quelque famille qui
nous conviendra. Que Dites-vous de cette
idée ? » « Je dis, mon frère, répondit
Noureddin Ali, qu'elle est bien digne de

l'amitié qui nous unit. On ne peut pas
mieux penser ; et pour moi, je suis prêt
à faire tout ce qu'il vous plaira. » « Oh !
ce n'est pas tout encore, reprit Schemseddin Mohammed, mon imagination va
plus loin. Supposé que nos femmes con-
çoivent la première nuit de nos noces, et
qu'ensuite elles accouchent en un même
jour, la vôtre d'un fils et la mienne d'une
fille, nous les marierons ensemble quand
ils seront en âge. » « Ah ! pour cela, s'é-
cria Noureddin Ali, il faut avouer que ce
projet est admirable ! Ce mariage couron-
nera notre union, et j'y donne volontiers
mon consentement. Mais, mon frère,
ajouta-t-il, s'il arrivait que nous fissions
ce mariage, prétendriez-vous que mon fils
donnât une dot à votre fille ? » « Cela ne
souffre pas de difficulté, repartit l'aîné ; et
je suis persuadé qu'outre les conventions
ordinaires du contrat de mariage, vous ne
manqueriez pas d'accorder, en son nom,
au moins trois mille sequins, trois bonnes
terres et trois esclaves. » « C'est de quoi je
ne demeure pas d'accord, dit le cadet. Ne
sommes-nous pas frères et collègues, re-

vêtus tous deux du même titre d'honneur?
D'ailleurs, ne savons-nous pas bien, vous
et moi, ce qui est juste? Le mâle étant plus
noble que la femelle, ne serait-ce pas à
vous à donner une grosse dot à votre fille?
A ce que je vois, vous êtes homme à faire
vos affaires aux dépens d'autrui. »

Quoique Noureddin Ali dît ces paroles
en riant, son frère, qui n'avait pas l'esprit bien fait, en fut offensé. « Malheur à
votre fils, dit-il avec emportement, puisque vous l'osez préférer à ma fille! Je
m'étonne que vous ayez été assez hardi
pour le croire seulement digne d'elle. Il
faut que vous ayez perdu le jugement,
pour vouloir aller de pair avec moi, en
disant que nous sommes collègues. Ap-
prenez, téméraire, qu'après votre impru-
dence, je ne voudrais pas marier ma fille
avec votre fils, quand vous lui donneriez
plus de richesses que vous n'en avez. »
Cette plaisante querelle de deux frères
sur le mariage de leurs enfans qui n'é-
taient pas encore nés, ne laissa pas d'aller fort loin. Schemseddin Mohammed
s'emporta jusqu'aux menaces. « Si je ne

devais pas, dit-il, accompagner demain
le Sultan, je vous traiterais comme vous
le méritez ; mais à mon retour, je vous
ferai connaître s'il appartient à un cadet
de parler à son aîné aussi insolemment
que vous venez de le faire. » A ces mots,
il se retira dans son appartement, et son
frère alla se coucher dans le sien.

Schemseddin Mohammed se leva le
lendemain de grand matin, et se rendit
au palais, d'où il sortit avec le Sultan,
qui prit son chemin au-dessus du Caire,
du côté des pyramides. Pour Noureddin
Ali, il avait passé la nuit dans de grandes
inquiétudes ; et après avoir bien considéré
qu'il n'était pas possible qu'il demeurât
plus long-temps avec un frère qui le trai-
tait avec tant de hauteur, il forma une résolution. Il fit préparer une bonne mule,
se munit d'argent, de pierreries et de
quelques vivres ; et ayant dit à ses gens
qu'il allait faire un voyage de deux ou
trois jours, et qu'il voulait être seul, il
partit.

Quand il fut hors du Caire, il marcha
par le désert vers l'Arabie. Mais sa mule

venant à succomber sur la route, il fut
obligé de continuer son chemin à pied.
Par bonheur, un courrier qui allait à
Balsora, l'ayant rencontré, le prit en
croupe derrière lui. Lorsque le courrier
fut arrivé à Balsora, Noureddin Ali mit
pied à terre, et le remercia du plaisir
qu'il lui avait fait. Comme il allait par les
rues cherchant où il pourrait se loger, il
vit venir un seigneur, accompagné d'une
nombreuse suite, et à qui tous les habitans faisaient de grands honneurs, en s'ar-
rêtant par respect jusqu'à ce qu'il fût
passé. Noureddin Ali s'arrêta comme les
autres. C'était le grand-visir du sultan de
Balsora, qui se montrait dans la ville pour
y maintenir par sa présence le bon ordre
et la paix.

Ce ministre ayant jeté les yeux par hasard sur le jeune homme, lui trouva la
physionomie engageante; il le regarda
avec complaisance; et comme il passait
près de lui, et qu'il le voyait en habit de
voyageur, il s'arrêta pour lui demander
qui il était et d'où il venait. « Seigneur,
lui répondit Noureddin Ali, je suis d'E-

gypte, né au Caire, et j'ai quitté ma patrie par un si juste dépit contre un de mes parens, que j'ai résolu de voyager par tout le monde, et de mourir plutôt que d'y retourner.» Le grand-visir, qui était un vénérable vieillard, ayant entendu ces paroles, lui dit : « Mon fils, gardez-vous bien d'exécuter votre dessein. Il n'y a dans le monde que de la misère ; et vous ignorez les peines qu'il vous faudra souffrir. Venez, suivez-moi plutôt ; je vous ferai peut-être oublier le sujet qui vous a contraint d'abandonner votre pays. »

Noureddin Ali suivit le grand-visir de Balsora, qui ayant bientôt connu ses belles qualités, le prit en affection, de manière qu'un jour l'entretenant en particulier, il lui dit : « Mon fils, je suis, comme vous voyez, dans un âge si avancé, qu'il n'y a pas d'apparence que je vive encore long-temps. Le Ciel m'a donné une fille unique, qui n'est pas moins belle que vous êtes bien fait, et qui est présentement en âge d'être mariée. Plusieurs des plus puissans seigneurs de cette Cour me l'ont déjà demandée pour leur fils ; mais je n'ai pu me résoudre à la leur accorder. Pour vous, je vous aime, et vous trouve si digne de mon alliance, que vous préférant à tous ceux qui l'ont recherchée, je suis prêt à vous accepter pour gendre. Si vous recevez avec plaisir l'offre que je vous fais, je déclarerai au Sultan mon maître que je vous ai adopté par ce mariage, et je le supplierai de m'accorder pour vous la survivance de ma dignité de grand-visir dans le royaume de Balsora. En même temps, comme je n'ai plus besoin que de repos dans l'extrême vieillesse où je suis, je ne vous abandonnerai pas seulement la disposition de tous mes biens, mais même l'administration des affaires de l'Etat. »

Le grand-visir de Balsora n'eut pas achevé ce discours rempli de bonté et de générosité, que Noureddin Ali se jeta à ses pieds, et dans des termes qui marquaient la joie et la reconnaissance dont son cœur était pénétré, il témoigna qu'il était disposé à faire tout ce qu'il lui plairait. Alors le grand-visir appela les principaux officiers de sa maison, leur

ordonna de faire orner la grande salle de
son hôtel, et préparer un grand repas.
Ensuite il envoya prier tous les seigneurs
de la Cour et de la ville de vouloir bien
prendre la peine de se rendre chez lui.
Lorsqu'ils y furent tous assemblés, comme Noureddin Ali l'avait informé de sa
qualité, il dit à ces seigneurs, car il jugea
à propos de parler ainsi pour satisfaire
ceux dont il avait refusé l'alliance : « Je
suis bien aise, Seigneurs, de vous apprendre une chose que j'ai tenue secrète jusqu'à ce jour. J'ai un frère qui est grand-
visir du sultan d'Egypte, comme j'ai
l'honneur de l'être du Sultan de ce royaume. Ce frère n'a qu'un fils qu'il n'a pas
voulu marier à la Cour d'Egypte, et il me
l'a envoyé pour épouser ma fille, afin de
réunir par-là nos deux branches. Ce fils,
que j'ai reconnu pour mon neveu à son
arrivée, et que je fais mon gendre, est ce
jeune seigneur que vous voyez ici, et que
je vous présente. Je me flatte que vous
voudrez bien lui faire l'honneur d'assister
à ses noces, que j'ai résolu de célébrer
aujourd'hui. » Nul de ces seigneurs, ne

pouvant trouver mauvais qu'il eût préféré
son neveu à tous les grands partis qui lui
avaient été proposés, répondirent tous
qu'il avait raison de faire ce mariage;
qu'ils seraient volontiers témoins de la cérémonie, et qu'ils souhaitaient que Dieu
lui donnât encore de longues années pour
voir les fruits de cette heureuse union.

En cet endroit, Scheherazade voyant
paraître le jour, interrompit sa narration,
qu'elle reprit ainsi la nuit suivante:

~~~~~~

XCIVᵉ NUIT.

Sire, dit-elle, le grand-visir Giafar continuant l'histoire qu'il racontait au calife:

Les seigneurs, poursuivit-il, qui s'é-
taient assemblés chez le grand-visir de
Balsora n'eurent pas plutôt témoigné à ce
ministre la joie qu'ils avaient du mariage
de sa fille avec Noureddin Ali, qu'on se
mit à table. On y demeura très-long-temps.
Sur la fin du repas, on servit des confitures, dont chacun, selon la coutume,
ayant pris ce qu'il put emporter, les cadis

entrèrent avec le contrat de mariage à la
main. Les principaux seigneurs le signèrent, après quoi toute la compagnie se
retira.

Lorsqu'il n'y eut plus personne que les
gens de la maison, le grand-visir chargea
ceux qui avaient soin du bain, qu'il avait
commandé de tenir prêt, d'y conduire
Noureddin Ali, qui y trouva du linge
qui n'avait point encore servi, d'une fi-
nesse et d'une propreté qui faisaient plaisir à voir, aussi bien que toutes les autres
choses nécessaires. Quand on eut lavé et
frotté l'époux, il voulut reprendre l'habit
qu'il venait de quitter ; mais on lui en
présenta un autre de la dernière magnificence. Dans cet état, et parfumé d'o-
deurs les plus exquises, il alla retrouver
le grand - visir son beau - père, qui fut
charmé de sa bonne mine, et qui, l'ayant
fait asseoir auprès de lui : « Mon fils, lui
dit-il, vous m'avez déclaré qui vous êtes,
et le rang que vous teniez à la Cour d'E-
gypte ; vous m'avez dit même que vous
avez eu un démêlé avec votre frère, et
que c'est pour cela que vous vous êtes

éloigné de votre pays; je vous prie de me faire la confidence entière, et de m'apprendre le sujet de votre querelle. Vous devez présentement avoir une parfaite confiance en moi, et ne me rien cacher. »

Noureddin Ali lui raconta toutes les circonstances de son différend avec son frère. Le grand-visir ne put entendre ce récit sans éclater de rire. « Voilà, dit-il, la chose du monde la plus singulière! Est-il possible, mon fils, que votre querelle soit allée jusqu'au point que vous dites, pour un mariage imaginaire? Je suis fâché que vous vous soyez brouillé pour une bagatelle avec votre frère aîné. Je vois pourtant que c'est lui qui a eu tort de s'offenser de ce que vous ne lui avez dit que par plaisanterie, et je dois rendre grâces au Ciel d'un différend qui me procure un gendre tel que vous. Mais, ajouta le vieillard, la nuit est déjà avancée, et il est temps de vous retirer. Allez, ma fille votre épouse vous attend. Demain je vous présenterai au Sultan. J'espère qu'il vous recevra d'une manière dont nous aurons lieu d'être tous deux satisfaits. »

Noureddin Ali quitta son beau-père pour se rendre à l'appartement de sa femme.

Ce qu'il y a de remarquable, continua le grand-visir Giafar, c'est que le même jour que ces noces se faisaient à Balsora, Schemseddin Mohammed se mariait aussi au Caire, et voici le détail de son mariage.

Après que Noureddin Ali se fut éloigné du Caire dans l'intention de n'y plus retourner, Schemseddin Mohammed, son aîné, qui était allé à la chasse avec le sultan d'Egypte, étant de retour au bout d'un mois (le Sultan s'était laissé emporter à l'ardeur de la chasse, et avait été absent durant tout ce temps-là), il courut à l'appartement de Noureddin Ali ; mais il fut fort étonné d'apprendre que, sous prétexte d'aller faire un voyage de deux ou trois journées, il était parti sur une mule le jour même de la chasse du Sultan, et que depuis ce temps-là il n'avait point paru. Il en fut d'autant plus fâché, qu'il ne douta pas que les duretés qu'il lui avait dites ne fussent la cause de son éloignement. Il dépêcha un courrier, qui passa par Damas, et alla jusqu'à Alep ;

mais Noureddin était alors à Balsora.
Quand le courrier eut rapporté à son retour qu'il n'en avait appris aucune nouvelle, Schemseddin Mohammed se pro-
posa de l'envoyer chercher ailleurs, et en
attendant il prit la résolution de se marier. Il épousa la fille d'un des premiers
et des plus puissans seigneurs du Caire,
le même jour que son frère se maria avec
la fille du grand-visir de Balsora.

Ce n'est pas tout, Commandeur des
croyans, poursuivit Giafar : voici ce qui
arriva encore. Au bout de neuf mois, la
femme de Schemseddin Mohammed accoucha d'une fille au Caire, et le même
jour, celle de Noureddin Ali mit au
monde à Balsora un garçon, qui fut nommé Bedreddin Hassan. Le grand-visir de
Balsora donna des marques de sa joie par
de grandes largesses et par les réjouissances
publiques qu'il fit faire pour la naissance
de son petit-fils. Ensuite, pour marquer à
son gendre combien il était content de
lui, il alla au palais supplier très-humblement le Sultan d'accorder à Noureddin Ali la survivance de sa charge, afin,

dit-il, qu'avant sa mort il eût la consolation de voir son gendre grand-visir à sa place.

Le Sultan, qui avait vu Noureddin Ali avec bien du plaisir, lorsqu'il lui avait été présenté après son mariage, et qui depuis ce temps-là en avait toujours ouï parler fort avantageusement, accorda la grâce qu'on demandait pour lui, avec tout l'agrément qu'on pouvait souhaiter. Il le fit revêtir en sa présence de la robe de grand-visir.

La joie du beau-père fut comblée le lendemain, lorsqu'il vit son gendre présider au conseil en sa place, et faire toutes les fonctions de grand-visir. Noureddin Ali s'en acquitta si bien, qu'il semblait avoir toute sa vie exercé cette charge. Il continua, dans la suite, d'assister au conseil toutes les fois que les infirmités de la vieillesse ne permirent pas à son beau-père de s'y trouver. Ce bon vieillard mourut quatre ans après ce mariage, avec la satisfaction de voir un rejeton de sa famille, qui promettait de la soutenir long-temps avec éclat.

Nourreddin Ali lui rendit les derniers
devoirs avec toute l'amitié et la reconnaissance possibles; et sitôt que Bedreddin Hassan, son fils, eut atteint l'âge de
sept ans, il le mit entre les mains d'un
excellent maître, qui commença à l'élever
d'une manière digne de sa naissance. Il
est vrai qu'il trouva dans cet enfant un
esprit vif, pénétrant, et capable de pro-
fiter de tous les bons enseignemens qu'il
lui donnait.

Schéherazade allait continuer; mais
s'apercevant qu'il était jour, elle mit fin
à son discours. Elle le reprit la nuit suivante, et dit au sultan des Indes:

XCVe NUIT.

Sire, le grand-visir Giafar, poursuivant
l'histoire qu'il racontait au calife:

Deux ans après, dit-il, que Bedreddin
Hassan eut été mis entre les mains de ce
maître, qui lui enseigna parfaitement bien
à lire, il lui apprit l'Alcoran par cœur.

Noureddin Ali, son père, lui donna d'autres maîtres, qui cultivèrent son esprit de
telle sorte, qu'à l'âge de douze ans, il
n'avait plus besoin de leur secours. Alors,
comme tous les traits de son visage étaient
formés, il faisait l'admiration de tous ceux
qui le regardaient.

Jusque-là, Noureddin Ali n'avait songé
qu'à le faire étudier, et ne l'avait point
encore montré dans le monde. Il le mena
au palais, pour lui procurer l'honneur de
faire la révérence au Sultan, qui le reçut
très-favorablement. Les premiers qui le
virent dans les rues furent si charmés de
sa beauté, qu'ils en firent des exclama-
tions de surprise, et qu'ils lui donnèrent
mille bénédictions.

Comme son père se proposait de le
rendre capable de remplir un jour sa
place, il n'épargna rien pour cela, et il
le fit entrer dans les affaires les plus dif-
ficiles, afin de l'y accoutumer de bonne
heure. Enfin, il ne négligeait aucune
chose pour l'avancement d'un fils qui lui
était si cher ; et il commençait à jouir
déjà du fruit de ses peines, lorsqu'il fut

attaqué tout-à-coup d'une maladie dont
la violence fut telle, qu'il sentit fort bien
qu'il n'était pas éloigné du dernier de ses
jours. Aussi ne se flatta-t-il pas, et il se
disposa d'abord à mourir en vrai musulman. Dans ce moment précieux, il n'oublia pas son cher fils Bedreddin; il le fit
appeler, et lui dit : « Mon fils, vous voyez
que le monde est périssable ; il n'y a que
celui où je vais bientôt passer qui soit
véritablement durable. Il faut que vous
commenciez dès à présent à vous mettre
dans les mêmes dispositions que moi :
préparez-vous à faire ce passage sans regret, et sans que votre conscience puisse
rien vous reprocher sur les devoirs d'un
musulman, ni sur ceux d'un parfait honnête homme. Pour votre religion, vous
en êtes suffisamment instruit, et parce que
vous en ont appris vos maîtres, et par
vos lectures. A l'égard de l'honnête homme, je vais vous donner quelques ins-
tructions que vous tâcherez de mettre à
profit. Comme il est nécessaire de se connaître soi-même, et que vous ne pouvez
bien avoir cette connaissance, que vous

ne sachiez qui je suis, je vais vous l'apprendre.

J'ai pris naissance en Egypte, poursuivit-il : mon père, votre aïeul, était premier ministre du Sultan de ce royaume. J'ai moi-même eu l'honneur d'être un des visirs de ce même Sultan, avec mon frère, votre oncle, qui, je crois, vit encore, et qui se nomme Schemseddin Mohammed. Je fus obligé de me séparer de lui, et je vins en ce pays, où je suis parvenu au rang que j'ai tenu jusqu'à présent. Mais vous apprendrez toutes ces choses plus amplement dans un cahier que j'ai à vous donner. »

En même temps, Noureddin Ali tira ce cahier, qu'il avait écrit de sa propre main, et qu'il portait toujours sur soi; et le donnant à Bedreddin Hassan : « Prenez, lui dit-il, vous le lirez à votre loisir; vous y trouverez, entre autres choses, le jour de mon mariage et celui de votre naissance. Ce sont des circonstances dont vous aurez peut-être besoin dans la suite, et qui doivent vous obliger à le garder avec soin. » Bedreddin Hassan, sensiblement affligé de voir son père dans l'état où il était, touché de ses discours, reçut le cahier les larmes aux yeux, en lui promettant de ne s'en dessaisir jamais.

En ce moment, il prit à Noureddin Ali une faiblesse qui fit croire qu'il allait expirer; mais il revint à lui, et reprenant la parole : « Mon fils, lui dit-il, la pre-
« mière maxime que j'ai à vous ensei-
« gner, c'est de ne vous pas donner au
« commerce de toutes sortes de person-
« nes. Le moyen de vivre en sûreté,
« c'est de se donner entièrement à soi-
« même, et de ne se pas communiquer
« facilement.

« La seconde, de ne faire violence à
« qui que ce soit; car, en ce cas, tout le
« monde se révolterait contre vous; et
« vous devez regarder le monde comme
« un créancier à qui vous devez de la
« modération, de la compassion et de la
« tolérance.

« La troisième, de ne dire mot quand
« on vous chargera d'injures. On est hors
« de danger (dit le proverbe) lorsque

« l'on garde le silence. C'est particuliere-
« ment en cette occasion que vous devez
« le pratiquer. Vous savez aussi à ce su-
« jet qu'un de nos poëtes dit que le si-
« lence est l'ornement et la sauve-garde
« de la vie ; qu'il ne faut pas, en par-
« lant, ressembler à la pluie d'orage qui
« gâte tout. On ne s'est jamais repenti
« de s'être tu, au lieu que l'on a sou-
« vent été fâché d'avoir parlé.

« La quatrième, de ne pas boire de
« vin ; car c'est la source de tous les vices.

« La cinquième, de bien ménager vos
« biens : si vous ne les dissipez pas, ils
« vous serviront à vous préserver de la
« nécessité. Il ne faut pas pourtant en
« avoir trop, ni être avare : pour peu
« que vous en ayez, et que vous le dépen-
« siez à propos, vous aurez beaucoup d'a-
« mis ; mais si, au contraire, vous avez de
« grandes richesses, et que vous en fassiez
« un mauvais usage, tout le monde s'é-
« loignera de vous et vous abandon-
« nera. »

Enfin, Noureddin Ali continua, jusqu'au dernier moment de sa vie, à don-

ner de bons conseils à son fils ; et quand il fut mort, on lui fit des obsèques magnifiques....

Scheherazade, à ces paroles, apercevant le jour, cessa de parler, et remit au lendemain la suite de cette histoire.

~~~~~~

XCVIᵉ NUIT.

La sultane des Indes ayant été réveillée par sa sœur Dinarzade à l'heure ordinaire, elle reprit la parole, et l'adressant à Schahriar :

Sire, dit-elle, le calife ne s'ennuyait pas d'écouter le grand-visir Giafar, qui poursuivit ainsi son histoire:

On enterra donc, dit-il, Noureddin Ali avec tous les honneurs dus à sa dignité. Bedreddin Hassan de Balsora, c'est ainsi qu'on le surnomma, à cause qu'il était né dans cette ville, eut une douleur inconcevable de la mort de son père. Au lieu de passer un mois, selon la coutume, il en passa deux dans les pleurs et dans la retraite, sans voir personne, et sans sortir même pour rendre ses devoirs au sultan de Balsora, lequel, irrité de cette négligence, et la regardant comme une marque de mépris pour sa Cour et pour sa personne, se laissa transporter de colère. Dans sa fureur, il fit appeler le nouveau grand-visir; car il en avait nommé un dès qu'il avait appris la mort de Noureddin Ali; il lui ordonna de se transporter à la maison du défunt, et de la confisquer avec toutes ses autres maisons, terres et effets, sans rien laisser à Bedreddin Hassan, dont il commanda même qu'on se saisît.

Le nouveau grand-visir, accompagné d'un grand nombre d'huissiers du palais, de gens de justice et d'autres officiers, ne différa pas de se mettre en chemin pour aller exécuter sa commission. Un des esclaves de Bedreddin Hassan, qui était par hasard parmi la foule, n'eut pas plutôt appris le dessein du visir, qu'il prit les devans, et courut en avertir son maître. Il le trouva assis sous le vestibule de sa maison, aussi affligé que si son père n'eût fait que de mourir. Il se jeta à ses pieds, tout hors d'haleine ; et après lui avoir baisé le bas de la robe : « Sauvez-vous, Seigneur, lui dit-il, sauvez-vous promptement. » « Qu'y a-t-il ? lui demanda Bedreddin, en levant la tête ; quelle nouvelle m'apportes-tu ? » « Seigneur, répondit-il, il n'y a pas de temps à perdre. Le Sultan est dans une horrible colère contre vous, et on vient de sa part confisquer tout ce que vous avez, et même se saisir de votre personne. »

Le discours de cet esclave fidèle et affectionné mit l'esprit de Bedreddin Hassan dans une grande perplexité. « Mais ne puis-je, dit-il, avoir le temps de rentrer et de prendre au moins quelque argent et des pierreries ? » « Seigneur, répliqua l'esclave, le grand-visir sera dans un moment ici. Partez tout à l'heure, sauvez-vous. » Bedreddin Hassan se leva vite du sofa où il était, mit les pieds dans ses babouches ; et après s'être couvert la tête d'un bout de sa robe, pour se cacher le visage, s'enfuit sans savoir de quel côté il devait tourner ses pas, pour échapper au danger qui le menaçait. La première

pensée qui lui vint, fut de gagner en diligence la plus prochaine porte de la ville.
Il courut sans s'arrêter jusqu'au cimetière public, et comme la nuit s'appro-
chait, il résolut de l'aller passer au tombeau de son père. C'était un édifice d'assez grande apparence, en forme de dôme,
que Noureddin Ali avait fait bâtir de son
vivant; mais il rencontra en chemin un
juif fort riche qui était banquier et marchand de profession. Il revenait d'un lieu
où quelque affaire l'avait appelé, et il
s'en retournait dans la ville. Ce juif ayant
reconnu Bedreddin, s'arrêta et le salua
fort respectueusement....

En cet endroit, le jour venant à paraître, imposa silence à Scheherazade, qui
reprit son discours la nuit suivante.

~~~~~~

XCVII^e NUIT.

SIRE, dit-elle, le calife écoutait avec
beaucoup d'attention le grand-visir Giafar, qui continua de cette manière :

Le juif, poursuivit-il, qui se nommait

Isaac, après avoir salué Bedreddin Hassan, et lui avoir baisé la main, lui dit : « Seigneur, oserai-je prendre la liberté de vous demander où vous allez à l'heure qu'il est, seul en apparence, un peu agité ? Y a-t-il quelque chose qui vous fasse de la peine ? » « Oui, répondit Bedreddin : je me suis endormi tantôt, et dans mon sommeil, mon père m'est apparu. Il avait le regard terrible, comme s'il eût été dans une grande colère contre moi. Je me suis réveillé en sursaut et plein d'effroi, et je suis parti aussitôt pour venir faire ma prière sur son tombeau. » « Seigneur, reprit le juif, qui ne pouvait pas savoir pourquoi Bedreddin Hassan était sorti de la ville, comme le feu grand-visir votre père et mon seigneur, d'heureuse mémoire, avait chargé en marchandises plusieurs vaisseaux qui sont encore en mer et qui vous appartiennent, je vous supplie de m'accorder la préférence sur tout autre marchand. Je suis en état d'acheter, argent comptant, la charge de tous vos vaisseaux ; et pour commencer, si vous voulez bien

3.   6.

m'abandonner celle du premier qui arrivera à bon port, je vais vous compter
mille sequins. Je les ai ici dans ma bourse, et je suis prêt à vous les livrer d'a-
vance. » En disant cela, il tira une grande
bourse qu'il avait sous son bras par-des-
sous sa robe, et la lui montra cachetée
de son cachet.

Bedreddin Hassan, dans l'état où il
était, chassé de chez lui, et dépouillé de
tout ce qu'il avait au monde, regarda la
proposition du juif comme une faveur du
Ciel. Il ne manqua pas de l'accepter avec
beaucoup de joie. « Seigneur, lui dit
alors le juif, vous me donnez donc pour
mille sequins le chargement du premier
de vos vaisseaux qui arrivera dans ce
port? » « Oui, je vous le vends mille sequins, répondit Bedreddin Hassan, et
c'est une chose faite. » Le juif aussitôt
lui mit entre les mains la bourse de mille
sequins, en s'offrant de les compter. Bedreddin lui en épargna la peine, en lui
disant qu'il s'en fiait bien à lui. « Puisque
cela est ainsi, reprit le juif, ayez la bonté,
Seigneur, de me donner un mot d'écrit

du marché que nous venons de faire. »
En disant cela, il tira son écritoire, qu'il
avait à la ceinture ; et après en avoir pris
une petite canne bien taillée pour écrire,
il la lui présenta avec un morceau de papier qu'il trouva dans son porte-lettres,
et pendant qu'il tenait le cornet, Bedreddin Hassan écrivit ces paroles :

« Cet écrit est pour rendre témoignage
« que Bedreddin Hassan de Balsora a ven-
« du au juif Isaac, pour la somme de
« mille sequins, qu'il a reçus, le charge-
« ment du premier de ses navires, qui
« abordera dans ce port.

« BEDREDDIN HASSAN de Balsora. »

Après avoir fait cet écrit, il le donna
au juif, qui le mit dans son porte-lettres,
et qui prit ensuite congé de lui. Pendant
qu'Isaac poursuivait son chemin vers la
ville, Bedreddin Hassan continua le sien
vers le tombeau de son père, Noureddin
Ali. En y arrivant, il se prosterna la face
contre terre ; et les yeux baignés de larmes, il se mit à déplorer sa misère. « Hélas !
disait-il, infortuné Bedreddin, que vas-tu

devenir ? Où iras-tu chercher un asile contre l'injuste prince qui te persécute ? N'était-ce pas assez d'être affligé de la mort d'un père si chéri, fallait-il que la fortune ajoutât un nouveau malheur à mes justes regrets ? » Il demeura long-temps dans cet état; mais enfin il se releva; et ayant appuyé sa tête sur le sépulcre de son père, ses douleurs se renouvelèrent avec plus de violence qu'auparavant, et il ne cessa de soupirer et de se plaindre, jusqu'à ce que, succombant au sommeil, il leva la tête de dessus le sépulcre, et s'étendit tout de son long sur le pavé, où il s'endormit.

Il goûtait à peine la douceur du repos, lorsqu'un Génie qui avait établi sa retraite dans ce cimetière pendant le jour, se disposant à courir le monde cette nuit, selon sa coutume, aperçut ce jeune homme dans le tombeau de Noureddin Ali. Il y entra; et comme Bedreddin était couché sur le dos, il fut frappé, ébloui de l'éclat de sa beauté.....

Le jour, qui paraissait, ne permit pas à Scheherazade de poursuivre cette histoire;

mais le lendemain, à l'heure ordinaire,
elle continua de cette sorte :

~~~~~~

XCVIII^e NUIT.

Quand le Génie, reprit le grand-visir
Giafar, eut attentivement considéré Bedreddin Hassan, il dit en lui-même : « A
juger de cette créature par sa bonne mine,
ce ne peut-être qu'un ange du paradis
terrestre, que Dieu envoie pour mettre
le monde en combustion par sa beauté. »
Enfin, après l'avoir bien regardé, il s'éleva
fort haut dans l'air, où il rencontra par hasard une fée. Ils se saluèrent l'un l'autre,
ensuite le Génie dit à la fée : « Je vous prie
de descendre avec moi jusqu'au cimetière
où je demeure, et je vous ferai voir un pro-
dige de beauté qui n'est pas moins digne
de votre admiration que de la mienne. »
La fée y consentit : ils descendirent tous
deux en un instant ; et lorsqu'ils furent
dans le tombeau : « Hé bien, dit le Génie
à la fée en lui montrant Bedreddin Has-

san , avez-vous jamais vu un jeune homme
mieux fait et plus beau que celui-ci ? »

La fée examina Bedreddin avec attention ; puis se tournant vers le Génie « Je
vous avoue, lui répondit-elle , qu'il est
très-bien fait ; mais je viens de voir au
Caire , tout à l'heure , un objet encore
plus merveilleux, dont je vais vous entretenir, si vous voulez m'écouter. » « Vous
me ferez un très grand plaisir , répliqua le
Génie. » « Il faut donc que vous sachiez,
reprit la fée (car je vais prendre la chose
de loin), que le sultan d'Egypte a un
visir qui se nomme Schemseddin Mohammed , et qui a une fille âgée d'environ
vingt ans. C'est la plus belle et la plus
parfaite personne dont on ait jamais ouï
parler. Le Sultan , informé par la voix
publique de la beauté de cette jeune de-
moiselle, fit appeler le visir son père , un
de ces derniers jours , et lui dit : « J'ai
« appris que vous avez une fille à marier ;
« j'ai envie de l'épouser : ne voulez-vous
« pas bien me l'accorder ? » Le visir, qui
ne s'attendait pas à cette proposition , en
fut un peu troublé ; mais il n'en fut pas

ébloui ; et au lieu de l'accepter avec joie ;
ce que d'autres à sa place n'auraient pas
manqué de faire , il répondit au Sultan :
« Sire , je ne suis pas digne de l'honneur
« que Votre Majesté me veut faire , et je
« la supplie très-humblement de ne pas
« trouver mauvais que je m'oppose à son
« dessein. Vous savez que j'avais un frère
« nommé Noureddin Ali, qui avait comme
« moi l'honneur d'être un de vos visirs.
« Nous eûmes ensemble une querelle qui
« fut cause qu'il disparut tout à coup, et
« je n'ai point eu de ses nouvelles depuis
« ce temps-là, si ce n'est que j'ai appris ,
« il y a quatre jours , qu'il est mort à
« Balsora dans la dignité de grand-visir
« du Sultan de ce royaume. Il a laissé un
« fils ; et comme nous nous engageâmes
« autrefois tous deux à marier nos enfans
« ensemble, supposé que nous en eussions,
« je suis persuadé qu'il est mort dans l'in-
« tention de faire ce mariage. C'est pour-
« quoi, de mon côté, je voudrais accom-
« plir ma promesse , et je conjure Votre
« Majesté de me le permettre. Il y a dans
« cette Cour beaucoup d'autres seigneurs

« qui ont des filles comme moi , et que
« vous pouvez honorer de votre alliance. »

Le Sultan d'Egypte fut irrité au dernier
point contre Schemseddin Mohammed....

Scheherazade se tut en cet endroit,
parce qu'elle vit paraître le jour. La nuit
suivante, elle reprit le fil de sa narration,
et dit au Sultan des Indes , en faisant toujours parler le visir Giafar au calife Haroun
Alraschid :

⁓⁓⁓⁓⁓⁓⁓⁓⁓⁓⁓⁓⁓⁓⁓⁓⁓⁓⁓

XCIXᵉ NUIT.

Le Sultan d'Egypte , choqué du refus et
de la hardiesse de Schemseddin Mohammed , lui dit avec un transport de colère
qu'il ne put retenir : « Est-ce donc ainsi
que vous répondez à la bonté que j'ai de
vouloir bien m'abaisser jusqu'à faire alliance avec vous ? Je saurai me venger de
la préférence que vous osez donner sur
moi à un autre ; et je jure que votre fille
n'aura pas d'autre mari que le plus vil et le
plus mal fait de tous mes esclaves. » En
achevant ces mots, il renvoya brusque-

ment le visir , qui se retira chez lui plein
de confusion , et cruellement mortifié. Aujourd'hui le Sultan a fait venir un de ses
palefreniers , qui est bossu par devant et
par derrière , et laid à faire peur; et après
avoir ordonné à Schemseddin Mohammed
de consentir au mariage de sa fille avec
cet esclave , il a fait dresser et signer le
contrat par des témoins en sa présence.
Les préparatifs de ces bizarres noces sont
achevés ; et à l'heure que je vous parle ,
tous les esclaves des seigneurs de la Cour
d'Egypte sont à la porte d'un bain, chacun
avec un flambeau à la main. Ils attendent
que le palefrenier bossu, qui y est , et qui
s'y lave , en sorte , pour le mener chez son
épouse , qui , de son côté , est déjà coif-
fée et habilée. Dans le moment que je suis
partie du Caire , les dames assemblées se
disposaient à la conduire , avec tous ses
ornemens nuptiaux , dans la salle où elle
doit recevoir le bossu , et où elle l'attend
présentement. Je l'ai vue , et je vous
assure qu'on ne peut la regarder sans
admiration. »

Quand la fée eut cessé de parler, le

Génie lui dit : « Quoi que vous puissiez dire, je ne puis me persuader que la beauté de cette fille surpasse celle de ce jeune homme. » « Je ne veux pas disputer contre vous, répliqua la fée ; je vous confesse qu'il mériterait d'épouser la charmante personne qu'on destine au bossu ; et il me semble que nous ferions une action digne de nous, si, nous opposant à l'injustice du sultan d'Egypte, nous pouvions substituer ce jeune homme à la place de l'esclave. » « Vous avez raison, repartit le Génie ; vous ne sauriez croire combien je vous sais bon gré de la pensée qui vous est venue. Trompons, j'y consens, la vengeance du sultan d'Egypte ; consolons un père affligé, et rendons sa fille aussi heureuse qu'elle se croit misérable. Je n'oublierai rien pour faire réussir ce projet ; et je suis persuadé que vous ne vous y épargnerez pas ; je me charge de le porter au Caire sans qu'il se réveille, et je vous laisse le soin de le porter ailleurs quand nous aurons exécuté notre entreprise. »

Après que la fée et le Génie eurent concerté ensemble tout ce qu'ils voulaient faire, le Génie enleva doucement Bedreddin, et le transportant par l'air d'une vitesse inconcevable, il alla le poser à la porte d'un logement public et voisin du bain, d'où le bossu était près de sortir, avec la suite des esclaves qui l'attendaient.

Bedreddin Hassan, s'étant réveillé en ce moment, fut fort surpris de se voir au milieu d'une ville qui lui était inconnue. Il voulut crier pour demander où il était; mais le Génie lui donna un petit coup sur l'épaule, et l'avertit de ne dire mot. Ensuite, lui mettant un flambeau à la main : « Allez, lui dit-il, mêlez-vous parmi ces gens que vous voyez à la porte de ce bain, et marchez avec eux jusqu'à ce que vous entriez dans une salle où l'on va célébrer des noces. Le nouveau marié est un bossu que vous reconnaîtrez aisément. Mettez-vous à sa droite en entrant, et dès à présent, ouvrez la bourse de sequins que vous avez dans votre sein, pour les distribuer aux joueurs d'instrumens, aux danseurs et aux danseuses dans la marche. Lorsque vous serez dans la salle, ne manquez pas d'en donner aussi aux femmes esclaves que vous verrez autour de la mariée, quand elles s'approcheront de vous. Mais toutes les fois que vous mettrez la main dans la bourse, retirez-la pleine de sequins, et gardez-vous de les épargner. Faites exactement tout ce que je vous dis avec une grande présence d'esprit; ne vous étonnez de rien, ne craignez personne, et vous reposez du reste sur une puissance supérieure, qui en dispose à son gré. »

Le jeune Bedreddin, bien instruit de tout ce qu'il avait à faire, s'avança vers la porte du bain. La première chose qu'il fit, fut d'allumer son flambeau à celui d'un esclave; puis se mêlant parmi les autres, comme s'il eût appartenu à quelque seigneur du Caire, il se mit en marche avec eux, et accompagna le bossu, qui sortit du bain, et monta sur un cheval de l'écurie du Sultan..... »

Le jour, qui parut, imposa silence à Scheherazade, qui remit la suite de cette histoire au lendemain.

Cᵉ NUIT.

Sɪʀᴇ, dit-elle, le visir Giafar continuant de parler au calife :

Bedreddin Hassan, poursuivit-il, se trouvant près des joueurs d'instrumens, des danseurs et des danseuses qui marchaient immédiatement devant le bossu, tirait de temps en temps de sa bourse des poignées de sequins qu'il leur distribuait. Comme il faisait ses largesses avec une grâce sans pareille et un air très-obligeant, tous ceux qui les recevaient, jetaient les yeux sur lui; et dès qu'ils l'avaient envisagé, ils le trouvaient si bien fait et si beau, qu'ils ne pouvaient plus en détourner leurs regards.

On arriva enfin à la porte du visir Schemseddin Hassan, qui était bien éloigné de s'imaginer que son neveu fût si près de lui. Des huissiers, pour empêcher la confusion, arrêtèrent tous les esclaves qui portaient des flambeaux, et ne voulurent pas les laisser entrer. Ils repoussèrent même Bedreddin Hassan; mais les joueurs d'instrumens, pour qui la porte était ouverte, s'arrêlèrent, en protestant qu'ils n'entreraient pas, si on ne le laissait entrer avec eux. « Il n'est pas du nombre des esclaves, disaient-ils, il n'y a qu'à le regarder pour en être persuadé. C'est, sans doute, un jeune étranger qui veut voir par curiosité les cérémonies que l'on observe aux noces en cette ville. » En disant cela, ils le mirent au milieu d'eux, et le firent entrer malgré les huissiers. Ils lui ôtèrent son flambeau, qu'ils donnèrent au premier qui se présenta ; et après l'avoir introduit dans la salle, ils le placèrent à la droite du bossu, qui s'assit sur un trône magnifiquement orné, près de la fille du visir.

On la voyait parée de tous ses atours ; mais il paraissait sur son visage une langueur, ou plutôt une tristesse mortelle, dont il n'était pas difficile de deviner la cause, en voyant à côté d'elle un mari si difforme et si peu digne de son amour. Le trône de ces époux si mal assortis était au milieu d'un sofa. Les femmes des émirs, des visirs, des officiers de la cham-

bre du Sultan, et plusieurs autres dames
de la Cour et de la ville, étaient assises
de chaque côté un peu plus bas, chacune
selon son rang, et toutes habillées d'une
manière si avantageuse et si riche, que
c'était un spectacle très-agréable à voir.
Elles tenaient de grandes bougies allumées.

Lorsqu'elles virent entrer Bedreddin
Hassan, elles jetèrent les yeux sur lui, et
admirant sa taille, son air et la beauté de
son visage, elles ne pouvaient se lasser de
le regarder. Quand il fut assis, il n'y en
eut pas une qui ne quittât sa place pour
s'approcher de lui, et le considérer de
plus près; et il n'y en eut guère qui, en
se retirant pour aller reprendre leurs
places, ne se sentissent agitées d'un tendre mouvement.

La différence qu'il y avait entre Bedreddin Hassan et le palefrenier bossu,
dont la figure faisait horreur, excita des
murmures dans l'assemblée. « C'est à ce
beau jeune homme, s'écrièrent les dames,
qu'il faut donner notre épousée, et non
pas à ce vilain bossu. » Elles n'en de-

meurèrent pas là ; elles osèrent faire des imprécations contre le Sultan, qui, abusant de son pouvoir absolu, unissait la laideur avec la beauté. Elles chargèrent aussi d'injures le bossu, et lui firent perdre contenance, au grand plaisir des spectateurs, dont les huées interrompirent pour quelque temps la symphonie qui se faisait entendre dans la salle. A la fin, les joueurs d'instrumens recommencèrent leurs concerts, et les femmes qui avaient habillé la mariée, s'approchèrent d'elle...

En prononçant ces dernières paroles, Scheherazade remarqua qu'il était jour. Elle garda aussitôt le silence ; et la nuit suivante, elle reprit ainsi son discours :

NOTE DU TRADUCTEUR. La cent et unième et la cent deuxième nuits sont employées, dans l'original, à la description de sept robes et de sept (parures) différentes, dont la fille du visir Schemseddin Mohammed changea au son des instrumens. Comme cette description ne m'a point paru agréable, et que d'ailleurs elle est accompagnée de vers, qui ont, à la vérité, leur beauté en arabe, mais que les Français ne pourraient goûter ; je n'ai pas jugé à propos de traduire ces deux nuits.

CIIIe NUIT.

Sire, dit Scheherazade au sultan des Indes, Votre Majesté n'a pas oublié que c'est le grand-visir Giafar qui parle au calife Haroun Alraschid.

A chaque fois, poursuivit-il, que la nouvelle mariée changeait d'habits, elle se levait de sa place, et, suivie de ses femmes, passait devant le bossu, sans daigner le regarder, et allait se présenter devant Bedreddin Hassan, pour se montrer à lui dans ses nouveaux atours. Alors Bedreddin Hassan, suivant l'instruction qu'il avait reçue du Génie, ne manquait pas de mettre la main dans sa bourse, et d'en tirer des poignées de sequins qu'il distribuait aux femmes qui accompagnaient la mariée. Il n'oubliait pas les joueurs et les danseurs, il leur en jetait aussi. C'était un plaisir de voir comme ils se poussaient les uns les autres pour en ramasser; ils lui en témoignèrent de la reconnaissance, et lui marquaient par signes qu'ils voudraient que la jeune épouse fût pour lui, et non pas pour le bossu. Les femmes qui étaient autour d'elle, lui disaient la même chose, et ne se souciaient guère d'être entendues du bossu, à qui elles faisaient mille niches; ce qui divertissait fort tous les spectateurs.

Lorsque la cérémonie de changer d'habits tant de fois fut achevée, les joueurs d'instrumens cessèrent de jouer, et se retirèrent en faisant signe à Bedreddin Hassan de demeurer. Les dames firent la même chose en se retirant après eux, avec tous ceux qui n'étaient pas de la maison. La mariée entra dans un cabinet, où ses femmes la suivirent pour la déshabiller, et il ne resta plus dans la salle que le palefrenier bossu, Bedreddin Hassan et quelques domestiques. Le bossu, qui en voulait furieusement à Bedreddin, qui lui faisait ombrage, le regarda de travers, et lui dit : « Et toi, qu'attends-tu ? Pourquoi ne te retires-tu pas comme les autres ? Marche. » Comme Bedreddin n'avait aucun prétexte pour demeurer là, il sortit, assez embarrassé de sa personne ; mais il n'était pas hors du vestibule, que le Génie et la fée se présentèrent à lui, et l'arrêtèrent. « Où allez-vous ? lui dit le Génie ; demeurez : le bossu n'est plus dans la salle, il en est sorti pour quelque besoin ; vous n'avez qu'à y rentrer et vous introduire dans la chambre de la mariée. Lorsque vous serez seul avec elle, dites-lui hardiment que vous êtes son mari ; que l'intention du Sultan a été de se divertir du bossu ; et que, pour appaiser ce mari prétendu, vous lui avez fait apprêter un bon plat de crême dans son écurie. Dites-lui là-dessus tout ce qui vous viendra dans l'esprit pour la persuader. Etant fait comme vous êtes, cela ne sera pas difficile, et elle sera ravie d'avoir été trompée si agréablement. Cependant nous allons donner ordre que le bossu ne rentre pas, et ne vous empêche point de passer la nuit avec votre épouse ; car c'est la vôtre, et non pas la sienne. »

Pendant que le Génie encourageait ainsi Bedreddin, et l'instruisait de ce

qu'il devait faire, le bossu était véritablement sorti de la salle. Le Génie s'introduisit où il était, prit la figure d'un
gros chat noir, et se mit à miauler d'une
manière épouvantable. Le bossu cria
après le chat, et frappa des mains pour
le faire fuir ; mais le chat, au lieu de se
retirer, se roidit sur ses pattes, fit briller
des yeux enflammés, et regarda fièrement
le bossu, en miaulant plus fort qu'auparavant, et en grandissant de manière
qu'il parut bientôt gros comme un ânon.
Le bossu, à cet objet, voulut crier au
secours ; mais la frayeur l'avait tellement
saisi, qu'il demeura la bouche ouverte
sans pouvoir proférer une parole. Pour
ne pas lui donner de relâche, le Génie
se changea à l'instant en un puissant
buffle, et sous cette forme, lui cria d'une
voix qui redoubla sa peur : VILAIN BOSSU !
A ces mots, l'effrayé palefrenier se laissa
tomber sur le pavé, et se couvrant la
tête de sa robe, pour ne pas voir cette bête
effroyable, il lui répondit en tremblant :
« Prince souverain des buffles, que de-
mandez-vous de moi ? » « Malheur à toi !

lui repartit le Génie; tu as la témérité
d'oser te marier avec ma maîtresse! »
« Eh! Seigneur, dit le bossu, je vous supplie de me pardonner : si je suis criminel,
ce n'est que par ignorance; je ne savais
pas que cette dame eût un buffle pour
amant. Commandez - moi ce qui vous
plaira, je vous jure que je suis prêt à
vous obéir. » « Par la mort, répliqua le
Génie, si tu sors d'ici, ou que tu ne
gardes pas le silence jusqu'à ce que le
soleil se lève; si tu dis le moindre mot,
je t'écraserai la tête. Alors, je te per-
mets de sortir de cette maison ; mais je
t'ordonne de te retirer bien vite sans regarder derrière toi; et si tu as l'audace
d'y revenir, il t'en coûtera la vie. » En
achevant ces paroles, le Génie se trans-
forma en homme, prit le bossu par les
pieds; et après l'avoir levé la tête en bas
contre le mur : « Si tu branles, ajouta-t-
il, avant que le soleil soit levé, comme
je te l'ai déjà dit, je te prendrai par les
pieds, et je te casserai la tête en mille
pièces contre cette muraille. »

Pour revenir à Bedreddin Hassan,

encouragé par le Génie et par la présence de la fée, il était rentré dans la salle, et s'était coulé dans la chambre nuptiale, où il s'assit en attendant le succès de son aventure. Au bout de quelque temps, la mariée arriva, conduite par une bonne vieille, qui s'arrêta à la porte, exhortant le mari à bien faire son devoir, sans regarder si c'était le bossu ou un autre; après quoi elle la ferma et se retira.

La jeune épouse fut extrêmement surprise de voir, au lieu du bossu, Bedreddin Hassan qui se présenta à elle de la meilleure grâce du monde. « Hé quoi! mon cher ami, lui dit-elle, vous êtes ici à l'heure qu'il est? Il faut donc que vous soyez camarade de mon mari? » « Non, Madame, répondit Bedreddin, je suis d'une autre condition que ce vilain bossu.» « Mais, reprit - elle, vous ne prenez pas garde que vous parlez mal de mon époux.» « Lui, votre époux, Madame! repartit-il; pouvez-vous conserver si long-temps cette pensée? Sortez de votre erreur : tant de beautés ne seront pas sacrifiées au plus méprisable de tous les hommes. C'est moi,

Madame, qui suis l'heureux mortel à qui elles sont réservées. Le Sultan a voulu se divertir en faisant cette supercherie au visir votre père, et il m'a choisi pour votre véritable époux. Vous avez pu remarquer combien les dames, les joueurs d'instrumens, les danseurs, vos femmes et tous les gens de votre maison se sont réjouis de cette comédie. Nous avons renvoyé le malheureux bossu, qui mange à l'heure qu'il est un plat de crême dans son écurie, et vous pouvez compter que jamais il ne paraîtra devant vos beaux yeux. »

A ce discours, la fille du visir, qui était entrée plus morte que vive dans la chambre nuptiale, changea de visage, prit un air gai, qui la rendit si belle, que Bedreddin en fut charmé. « Je ne m'attendais pas, lui dit-elle, à une surprise si agréable, et je m'étais déjà condamnée à être malheureuse tout le reste de ma vie. Mais mon bonheur est d'autant plus grand, que je vais posséder en vous un homme digne de ma tendresse. » En disant cela, elle acheva de se déshabiller, et se mit au lit. De son côté, Bedreddin Hassan, ravi de se voir possesseur de tant de charmes, se déshabilla promptement. Il mit son habit sur un siége et sur la bourse que le juif lui avait donnée, laquelle était encore pleine, malgré tout ce qu'il en avait tiré. Il ôta son turban, pour en prendre un de nuit qu'on avait préparé pour le bossu, et il alla se coucher en chemise et en caleçon *. Le caleçon était de satin bleu, et attaché avec un cordon tissu d'or.....

L'aurore, qui se faisait voir, obligea Scheherazade à s'arrêter. La nuit suivante, ayant été réveillée à l'heure ordinaire, elle reprit le fil de cette histoire, et la continua dans ces termes :

CIV^e NUIT.

Lorsque les deux amans se furent endormis, poursuivit le grand-visir Giafar, le Génie, qui avait rejoint la fée, lui dit

---

.* Tous les Orientaux couchent en caleçon : cette circonstance est nécessaire pour l'intelligence de la suite.

qu'il était temps d'achever ce qu'ils avaient si bien commencé et conduit jusqu'alors. « Ne nous laissons pas surprendre, ajouta-t-il, par le jour, qui paraîtra bientôt; allez, et enlevez le jeune homme sans l'éveiller. »

La fée se rendit dans la chambre des amans, qui dormaient profondément, enleva Bedreddin Hassan dans l'état où il était, c'est-à-dire en chemise et en caleçon; et volant avec le Génie, d'une vitesse merveilleuse, jusqu'à la porte de Damas en Syrie, ils y arrivèrent précisément dans le temps que les ministres des mosquées, préposés pour cette fonction, appelaient le peuple à haute voix à la prière de la pointe du jour. La fée posa doucement à terre Bedreddin, et le laissant près de la porte, s'éloigna avec le Génie.

On ouvrit la porte de la ville, et les gens qui s'étaient déjà assemblés en grand nombre pour sortir, furent extrêmement surpris de voir Bedreddin Hassan étendu par terre, en chemise et en caleçon. L'un disait : « Il a tellement été pressé de sortir de chez sa maîtresse, qu'il n'a pas eu le

3.   8

temps de s'habiller. » « Voyez un peu, disait l'autre, à quels accidens on est exposé :
il aura passé une bonne partie de la nuit à
boire avec ses amis ; il se sera enivré, sera
sorti ensuite pour quelque nécessité, et
au lieu de rentrer, il sera venu jusqu'ici
sans savoir ce qu'il faisait, et le sommeil l'y aura surpris. » D'autres en parlaient autrement, et personne ne pouvait
deviner par quelle aventure il se trouvait
là. Un petit vent qui commençait alors à
souffler, leva sa chemise, et laissa voir sa
poitrine qui était plus blanche que la
neige. Ils furent tous tellement étonnés de
cette blancheur, qu'ils firent un cri d'admiration qui réveilla le jeune homme. Sa
surprise ne fut pas moins grande que la
leur de se voir à la porte d'une ville où il
n'était jamais venu, et environné d'une
foule de gens qui le considéraient avec attention. « Messieurs, leur dit-il, apprenez-
moi, de grâce, où je suis, et ce que vous
souhaitez de moi. » L'un d'eux prit la parole, et lui répondit : « Jeune homme, on
vient d'ouvrir la porte de cette ville ; et
en sortant, nous vous avons trouvé cou-

ché ici dans l'état où vous voilà. Nous
nous sommes arrêtés à vous regarder. Est-
ce que vous avez passé ici la nuit ? Et savez-vous bien que vous êtes à une des
portes de Damas ? » « A une des portes de
Damas ! répliqua Bedreddin. Vous vous
moquez de moi : en me couchant cette
nuit, j'étais au Caire. » A ces mots, quelques-uns, touchés de compassion, dirent
que c'était dommage qu'un jeune homme
si bien fait eût perdu l'esprit, et ils passèrent leur chemin.

« Mon fils, lui dit un bon vieillard,
vous n'y pensez pas : puisque vous êtes ce
matin à Damas, comment pouviez-vous
être hier soir au Caire ? Cela ne peut pas
être.» « Cela est pourtant très-vrai, repartit
Bedredddin ; et je vous jure même que je
passai toute la journée d'hier à Balsora. »
A peine eut-il achevé ces paroles, que
tout le monde fit un grand éclat de rire,
et se mit à crier : « C'est un fou ! c'est un
fou ! » Quelques-uns néanmoins le plai-
gnaient à cause de sa jeunesse ; et un
homme de la compagnie lui dit : « Mon
fils, il faut que vous ayez perdu la raison ;

vous ne songez pas à ce que vous dites;
est-il possible qu'un homme soit de jour à
Balsora, la nuit au Caire, et le matin à
Damas? Vous n'êtes pas sans doute bien
éveillé; rappelez vos esprits. » « Ce que
je dis, reprit Bedreddin Hassan, est si véritable, qu'hier au soir j'ai été marié dans
la ville du Caire. » Tous ceux qui avaient
ri auparavant, redoublèrent leurs ris à ce
discours. « Prenez-y bien garde, lui dit la
même personne qui venait de lui parler,
il faut que vous ayez rêvé tout cela, et
que cette illusion vous soit restée dans
l'esprit. » « Je sais bien ce que je dis, répondit le jeune homme. Dites-moi vous-
même comment il est possible que je sois
allé en songe au Caire, où je suis persuadé que j'ai été effectivement, où l'on
a par sept fois amené devant moi mon
épouse parée d'un nouvel habillement
chaque fois, et où enfin j'ai vu un affreux
bossu qu'on prétendait lui donner? Apprenez-moi encore ce que sont devenus
ma robe, mon turban, et la bourse de sequins que j'avais au Caire.

Quoiqu'il assurât que toutes ces choses

étaient réelles, les personnes qui l'é-
coutaient n'en firent que rire ; ce qui le
troubla, de sorte qu'il ne savait plus lui-
même ce qu'il devait penser de tout ce
qui lui était arrivé.....

Le jour, qui commençait à éclairer l'appartement de Schahriar, imposa silence
à Scheherazade, qui continua son récit le
lendemain :

~~~~~~

CVe NUIT.

Sire, continua le visir Giafar, après que
Bedreddin Hassan se fut opiniâtré à soutenir que tout ce qu'il avait dit était véritable, il se leva pour entrer dans la ville, et
tout le monde le suivit en criant : « C'est
un fou ! c'est un fou ! » A ces cris, les uns
mirent la tête aux fenêtres, les autres se
présentèrent à leurs portes ; et d'autres se
joignant à ceux qui environnaient Bedreddin, criaient comme eux : « C'est un fou ! »
sans savoir de quoi il s'agissait. Dans l'embarras où était ce jeune homme, il arriva
devant la maison d'un pâtissier qui ouvrait sa boutique, et il entra dedans pour

se dérober aux huées du peuple qui le suivait.

Ce pâtissier avait été autrefois chef d'une troupe d'Arabes vagabonds qui détroussaient les caravanes ; et quoiqu'il fût venu s'établir à Damas, où il ne donnait aucun sujet de plainte contre lui, il ne laissait pas d'être craint de tous ceux qui le connaissaient. C'est pourquoi dès le premier regard qu'il jeta sur la populace qui suivait Bedreddin, il la dissipa. Le pâtissier, voyant qu'il n'y avait plus personne, fit plusieurs questions au jeune homme ; il lui demanda qui il était, et ce qui l'avait amené à Damas. Bedreddin Hassan ne lui cacha ni sa naissance, ni la mort du grand-visir son père ; il lui conta ensuite de quelle manière il était sorti de Balsora, et comment, après s'être endormi la nuit précédente sur le tombeau de son père, il s'était trouvé à son réveil au Caire, où il avait épousé une dame. Enfin, il lui marqua la surprise où il était de se voir à Damas, sans pouvoir comprendre toutes ces merveilles. »

« Votre histoire est des plus surprenantes, lui dit le pâtissier; mais si vous voulez suivre mon conseil, vous ne ferez confidence à personne de toutes les choses que vous venez de me dire, et vous attendrez patiemment que le Ciel daigne finir les disgrâces dont il permet que vous soyez affligé. Vous n'avez qu'à demeurer avec moi jusqu'à ce temps-là; et comme je n'ai pas d'enfans, je suis prêt à vous reconnaître pour mon fils, si vous y consentez. Après que je vous aurai adopté, vous irez librement par la ville, et vous ne serez plus exposé aux insultes de la populace. »

Quoique cette adoption ne fit pas honneur au fils d'un grand-visir, Bedreddin ne laissa pas d'accepter la proposition du pâtissier, jugeant bien que c'était le meilleur parti qu'il devait prendre dans la situation où était sa fortune. Le pâtissier le fit habiller, prit des témoins, et alla déclarer devant un cadi qu'il le reconnaissait pour son fils, après quoi Bedreddin demeura chez lui sous le simple nom de Hassan, et apprit la pâtisserie.

Pendant que cela se passait à Damas,

la fille de Schemseddin Mohammed se réveilla; et ne trouvant pas Bedreddin auprès d'elle, crut qu'il s'était levé sans
vouloir interrompre son repos, et qu'il
reviendrait bientôt. Elle attendait son retour, lorsque le visir Schemseddin Mohammed, son père, vivement touché de
l'affront qu'il croyait avoir reçu du sultan
d'Egypte, vint frapper à la porte de son
appartement, résolu de pleurer avec elle
sa triste destinée. Il l'appela par son nom;
et elle n'eut pas plutôt entendu sa voix,
qu'elle se leva pour lui aller ouvrir la
porte. Elle lui baisa la main, et le reçut
d'un air si satisfait, que le visir, qui s'attendait à la trouver baignée de pleurs et
aussi affligée que lui, en fut extrêmement
surpris. « Malheureuse, lui dit-il en colère, est - ce ainsi que tu parais devant
moi? Après l'affreux sacrifice que tu viens
de consommer, peux-tu m'offrir un visage
si content?

Scheherazade cessa de parler en cet
endroit, parce que le jour parut. La nuit
suivante, elle reprit son discours, et dit
au Sultan des Indes:

CVIᵉ NUIT.

SIRE, le grand-visir Giafar continuant de raconter l'histoire de Bedreddin Hassan :

Quand la nouvelle mariée, poursuivit-il, vit que son père lui reprochait la joie qu'elle faisait paraître, elle lui dit : « Seigneur, ne me faites point, de grâce, un reproche si injuste : ce n'est pas le bossu, que je déteste plus que la mort, ce n'est pas ce monstre que j'ai épousé. Tout le monde lui a fait tant de confusion, qu'il a été contraint de s'aller cacher, et de faire place à un jeune homme charmant, qui est mon véritable mari. » « Quelle fable me contez-vous ? interrompit brusquement Schemseddin Mohammed ; quoi ! le bossu n'a pas couché cette nuit avec vous ? » « Non, Seigneur, répondit-elle, je n'ai point couché avec d'autre personne qu'avec le jeune homme dont je vous parle, qui a de grands yeux et de grands sourcils noirs. » A ces paroles, le

visir perdit patience, et se mit dans une
furieuse colère contre sa fille. « Ah ! méchante, lui dit-il, voulez-vous me faire
perdre l'esprit par le discours que vous
me tenez ? » « C'est vous, mon père, ré-
partit-elle, qui me faites perdre l'esprit
à moi-même par votre incrédulité. » « Il
n'est donc pas vrai, répliqua le visir, que
le bossu.... « Hé ! laissons là le bossu, interrompit-elle avec précipitation. Maudit
soit le bossu ! Entendrai-je toujours parler
du bossu ? Je vous le répète encore, mon
père, ajouta-t-elle, je n'ai point passé la
nuit avec lui, mais avec le cher époux que
je vous dis, et qui ne doit pas être loin
d'ici. »

Schemseddin Mohammed sortit pour
l'aller chercher; mais au lieu de le trouver, il fut dans une surprise extrême de
rencontrer le bossu qui avait la tête en
bas, les pieds en haut, dans la même situation où l'avait mis le Génie. « Que
veut dire cela ? lui dit-il ; qui vous a mis
en cet état ? « Le bossu, reconnaissant le
visir, lui répondit : « Ah ! ah ! c'est donc
vous qui vouliez me donner en mariage

la maîtresse d'un buffle, l'amoureuse d'un vilain Génie! Je ne serai pas votre dupe, et vous ne m'y attraperez pas. »

Scheherazade en était là lorsqu'elle aperçut la première lumière du jour. Quoiqu'il n'y eût pas long-temps qu'elle parlât, elle n'en dit pas davantage cette nuit. Le lendemain, elle reprit ainsi la suite de sa narration, et dit au Sultan des Indes :

CVII^e NUIT.

Sire, le grand-visir Giafar poursuivant son histoire :

Schemseddin Mohammed, continua-t-il, crut que le bossu extravaguait quand il l'entendit parler de cette sorte, et il lui dit : « Otez-vous de-là, mettez-vous sur vos pieds. » « Je m'en garderai bien, repartit le bossu, à moins que le soleil ne soit levé. Sachez qu'étant venu ici hier au soir, il parut tout à coup devant moi un chat noir, qui devint insensiblement gros comme un buffle; je n'ai pas oublié ce qu'il me dit. C'est pourquoi allez à vos affaires, et me laissez ici. » Le visir, au lieu de se retirer, prit le bossu par les pieds, et l'obligea à se relever. Cela étant fait, le bossu sortit en courant de toute sa force, sans regarder derrière lui; il se rendit au palais, se fit présenter au sultan d'Egypte, et le divertit fort en lui racontant le traitement que lui avait fait le Génie.

Schemseddin Mohammed retourna dans la chambre de sa fille, plus étonné et plus incertain qu'auparavant de ce qu'il voulait savoir. « Hé bien, fille abusée, lui dit-il, ne pouvez-vous m'éclaircir davantage sur une aventure qui me rend interdit et confus? » « Seigneur, répondit-elle, je ne puis vous apprendre autre chose que ce que j'ai déjà eu l'honneur de vous dire. Mais voici, ajouta-t-elle, l'habillement de mon époux qu'il a laissé sur cette chaise: il vous donnera peut-être l'éclaircissement que vous cherchez. » En disant ces paroles, elle présenta le turban de Bedreddin au visir, qui le prit, et qui, après l'avoir bien examiné de tous côtés:

« Je le prendrais, dit-il, pour un turban
de visir, s'il n'était à la mode de Moussoul. » Mais s'apercevant qu'il y avait
quelque chose de cousu entre l'étoffe et
la doublure, il demanda des ciseaux ;
ayant décousu, il trouva un papier plié.
C'était le cahier que Noureddin Ali avait
donné en mourant à Bedreddin, son fils ,
qui l'avait caché en cet endroit pour le
mieux conserver. Schemseddin Mohammed ayant ouvert le cahier, reconnut le
caractère de son frère Noureddin Ali, et
lut ce titre : *Pour mon fils Bedreddin
Hassan.* Avant qu'il pût faire ses réflexions, sa fille lui mit entre les mains la
bourse qu'elle avait trouvée sous l'habit.
Il l'ouvrit aussi, et elle était remplie de
sequins, comme je l'ai déjà dit ; car malgré les largesses que Bedreddin Hassan
avait faites , elle était toujours demeurée
pleine par les soins du Génie et de la fée.
Il lut ces mots sur l'étiquette de la bourse :
Mille sequins appartenant au juif Isaac;
et ceux-ci au-dessus , que le juif avait
écrits avant que de se séparer de Bedreddin Hassan : *Livré à Bedreddin Hassan,*

pour le chargement qu'il m'a vendu
du premier des vaisseaux qui ont ci-
devant appartenu à Noureddin Ali,
son père, d'heureuse mémoire, lors-
qu'il aura abordé en ce port. Il n'eut
pas achevé cette lecture, qu'il fit un cri,
et s'évanouit.....

Scheherazade voulait continuer ; mais
le jour parut, et le sultan des Indes se
leva, résolu d'entendre la suite de cette
histoire.

~~~~~~~~~~~~~~~~~~~~~~~~~~~~~~~~

CVIII^e NUIT.

Le lendemain, Scheherazade, ayant repris la parole, dit à Schahriar, en continuant à faire parler le visir Giafar.

Sire, le visir Schemseddin Mohammed
étant revenu de son évanouissement par le
secours de sa fille et des femmes qu'elle
avait appelées: « Ma fille, dit-il, ne vous
étonnez pas de l'accident qui vient de m'arriver; la cause en est telle, qu'à peine y
pourrez-vous ajouter foi. Cet époux qui a
passé la nuit avec vous, est votre cousin,

le fils de Noureddin Ali. Les mille sequins qui sont dans cette bourse, me font souvenir de la querelle que j'eus avec ce cher frère ; c'est sans doute le présent de noces qu'il vous fait. Dieu soit loué de toutes choses, et particulièrement de cette aventure merveilleuse, qui montre si bien sa puissance ! » Il regarda ensuite l'écriture de son frère, et la baisa plusieurs fois en versant une grande abondance de larmes. « Que ne puis-je, disait-il, aussi bien que je vois ces traits qui me causent tant de joie, voir ici Noureddin lui-même, et me réconcilier avec lui ! »

Il lut le cahier d'un bout à l'autre : il y trouva les dates de l'arrivée de son frère à Balsora, de son mariage, de la naissance de Bedreddin Hassan ; et lorsqu'après avoir confronté à ces dates celles de son mariage et de la naissance de sa fille au Caire, il eut admiré le rapport qu'il y avait entre elles, et fait enfin réflexion que son neveu était son gendre, il se livra tout entier à la joie. Il prit le cahier et l'étiquette de la bourse, les alla montrer au Sultan, qui lui pardonna le passé, et qui fut tellement char-

mé du récit de cette histoire, qu'il la fit
mettre par écrit, avec ses circonstances,
pour la faire passer à la postérité.

Cependant le visir Schemseddin Mohammed ne pouvait comprendre pourquoi
son neveu avait disparu; il espérait néanmoins le voir arriver à tous momens, et
il l'attendait avec la dernière impatience
pour l'embrasser. Après l'avoir inutilement attendu pendant sept jours, il le fit
chercher par tout le Caire; mais il n'en
apprit aucune nouvelle, quelques perquisitions qu'il en pût faire. Cela lui causa
beaucoup d'inquiétude. « Voilà, disait-il,
une aventure fort singulière; jamais personne n'en a éprouvé une pareille. »

Dans l'incertitude de ce qui pouvait
arriver dans la suite, il crut devoir mettre
lui-même par écrit l'état où était alors sa
maison; de quelle manière les noces s'é-
taient passées; comment la salle et la
chambre de sa fille étaient meublées. Il
fit aussi un paquet du turban, de la bourse
et du reste de l'habillement de Bedreddin,
et l'enferma sous la clef.....

La sultane Scheherazade fut obligée

d'en demeurer là, parce qu'elle vit que le jour paraissait. Sur la fin de la nuit suivante, elle poursuivit cette histoire dans ces termes :

CIX^e NUIT.

Sire, le grand visir Giafar continuant de parler au calife :

Au bout de quelques jours, dit-il, la fille du visir Schemseddin Mohammed s'aperçut qu'elle était grosse ; et en effet, elle accoucha d'un fils dans le terme de neuf mois. On donna une nourrice à l'enfant, avec d'autres femmes et des esclaves pour le servir, et son aïeul le nomma Agib *.

Lorsque ce jeune Agib eut atteint l'âge de sept ans, le visir Schemseddin Mohammed, au lieu de lui faire apprendre à lire au logis, l'envoya à l'école chez un maître qui avait une grande réputation ; et deux

---

* Ce mot signifie, en arabe, merveilleux.

esclaves avaient soin de le conduire et de le ramener tous les jours. Agib jouait avec ses camarades. Comme ils étaient tous d'une condition au-dessous de la sienne, ils avaient beaucoup de déférence pour lui; et en cela, ils se réglaient sur le maître d'école, qui lui passait bien des choses qu'il ne leur pardonnait pas à eux. La complaisance aveugle qu'on avait pour Agib, le perdit : il devint fier, insolent; il voulait que ses compagnons souffrissent tout de lui, sans vouloir rien souffrir d'eux. Il dominait partout; et si quelqu'un avait la hardiesse de s'opposer à ses volontés, il lui disait mille injures, et allait souvent jusqu'aux coups. Enfin il se rendit insupportable à tous les écoliers, qui se plaignirent de lui au maître d'école. Il les exhorta d'abord à prendre patience; mais quand il vit qu'ils ne faisaient qu'irriter par là l'insolence d'Agib, et fatigué lui-même des peines qu'il lui faisait: « Mes enfans, dit-il à ses écoliers, je vois bien qu'Agib est un petit insolent; je veux vous enseigner un moyen de le mortifier de manière qu'il ne vous tourmentera plus;

je crois même qu'il ne reviendra plus à
l'école. Demain, lorsqu'il sera venu, et
que vous voudrez jouer ensemble, rangez-
vous autour de lui, et que quelqu'un dise
tout haut :

« Nous voulons jouer; mais c'est à con-
« dition que ceux qui joueront diront leur
« nom, celui de leur mère et de leur père.
« Nous regardons comme des bâtards ceux
« qui refuseront de le faire, et nous ne
« souffrirons pas qu'ils jouent avec nous. »

Le maître d'école leur fit comprendre
l'embarras où ils jetteraient Agib par ce
moyen, et ils se retirèrent chez eux pleins
de joie.

Le lendemain, dès qu'ils furent tous
assemblés, ils ne manquèrent pas de faire
ce que leur maître leur avait enseigné; ils
environnèrent Agib, et l'un d'entre eux
prenant la parole : « Jouons, dit-il, à un
jeu; mais à condition que celui qui ne
pourra pas dire son nom, le nom de sa
mère et de son père, n'y jouera pas. » Ils
répondirent tous, et Agib lui-même, qu'ils
y consentaient. Alors celui qui avait parlé,
les interrogea l'un après l'autre, et ils

satisfirent tous à la condition, excepté
Agib, qui répondit : « Je me nomme Agib ;
ma mère s'appelle Dame de beauté, et
mon père Schemseddin Mohammed, visir
du Sultan. »

A ces mots, tous les enfans s'écrièrent :
« Agib, que dites-vous ? Ce n'est point là
le nom de votre père ; c'est celui de votre
grand-père. » « Que Dieu vous confonde !
répliqua-t-il en colère. Quoi ! vous osez
dire que le visir Schemseddin Mohammed
n'est pas mon père ! » Les écoliers lui re-
partirent avec de grands éclats de rire :
« Non, non ; il n'est que votre aïeul, et
vous ne jouerez pas avec nous ; nous nous
garderons bien même de nous approcher
de vous. » En disant cela, ils s'éloignèrent
de lui en le raillant, et ils continuèrent de
rire entre eux. Agib fut mortifié de leurs
railleries, et se mit à pleurer.

Le maître d'école, qui était aux écoutes,
et qui avait tout entendu, entra sur ces
entrefaites, et s'adressant à Agib : « Agib,
lui dit-il, ne savez-vous pas encore que le
visir Schemseddin Mohammed n'est pas
votre père ? Il est votre aïeul, père de

votre mère Dame de beauté. Nous ignorons, comme vous, le nom de votre père; nous savons seulement que le Sultan avait voulu marier votre mère avec un de ses palefreniers qui était bossu ; mais qu'un Génie coucha avec elle. Cela est fâcheux pour vous , et doit vous apprendre à traiter vos camarades avec moins de fierté que vous n'avez fait jusqu'à présent.... »

Scheharazade , en cet endroit , remarquant qu'il était jour, mit fin à son discours. Elle en reprit le fil la nuit suivante , et dit au sultan des Indes :

CXᵉ NUIT.

Sire, le petit Agib , piqué des plaisanteries de ses compagnons, sortit brusquement de l'école , et retourna au logis en pleurant. Il alla d'abord à l'appartement de sa mère Dame de beauté , laquelle , alarmée de le voir si affligé , lui en demanda le sujet avec empressement. Il ne put répondre que par des paroles entrecoupées de sanglots , tant il était pressé de sa douleur; et ce ne fut qu'à plusieurs reprises qu'il put raconter la cause mortifiante de son affliction. Qand il eut achevé : « Au nom de Dieu, ma mère, ajouta-t-il, dites-moi, s'il vous plaît, quel est mon père. » « Mon fils, répondit-elle, votre père est le visir Schemseddein Mohammed, qui vous embrasse tous les jours. » « Vous ne me dites pas la vérité, reprit-il; ce n'est pas mon père, c'est le vôtre. Mais moi, de quel père suis-je fils ? A cette demande, Dame de beauté rappelant dans sa mémoire la nuit de ses noces, suivie d'un si long veuvage, commença à répandre des larmes, en regrettant amèrement la perte d'un époux aussi aimable que Bedreddin.

Dans le temps que Dame de beauté pleurait d'un côté, et Agib de l'autre, le visir Schemseddin Mohammed entra, et voulut savoir la cause de leur affliction. Dame de heauté la lui apprit, et lui raconta la mortification qu'Agib avait reçue à l'école. Ce récit toucha vivement le visir, qui joignit ses pleurs à leurs larmes, et qui, jugeant par-là que tout le monde tenait des discours contre l'honneur de sa fille, en fut au désespoir. Frappé de cette cruelle pensée, il alla au palais du Sultan; et après s'être prosterné à ses pieds, il le supplia très-humblement de lui accorder la permission de faire un voyage dans les provinces du Levant, et particulièrement à Balsora; pour aller chercher son neveu Bedreddin Hassan, disant qu'il ne pouvait souffrir qu'on pensât dans la ville qu'un Génie eût couché avec sa fille Dame de beauté. Le Sultan entra dans les peines du visir, approuva sa résolution, et lui permit de l'exécuter; il lui fit même expédier une patente par laquelle il priait, dans les termes les plus obligeans, les princes et les seigneurs des lieux où pourrait être Bedreddin, de consentir que le visir l'emmenât avec lui.

Schemseddin Mohammed ne trouva pas de paroles assez fortes pour remercier dignement le Sultan de la bonté qu'il avait pour lui. Il se contenta de se prosterner devant ce prince une seconde fois; mais les larmes qui coulaient de ses yeux mar-

quèrent assez sa reconnaissance. Enfin,
il prit congé du Sultan, après lui avoir
souhaité toutes sortes de prospérités. Lorsqu'il fut de retour au logis, il ne songea
qu'à disposer toutes choses pour son départ. Les préparatifs en furent faits avec
tant de diligence, qu'au bout de quatre
jours, il partit, accompagné de sa fille,
Dame de beauté, et d'Agib, son petit-
fils.....

Scheherazade, s'apercevant que le jour
commençait à paraître, cessa de parler en
cet endroit. Le Sultan des Indes se leva
fort satisfait du récit de la Sultane, et
résolu d'entendre la suite de cette histoire.
Scheherazade contenta sa curiosité la nuit
suivante, et reprit la parole dans ces termes :

CXI^e NUIT.

SIRE, le grand-visir Giafar adressant
toujours la parole au calife Haroun Alraschid :

Schemseddin Mohammed, dit-il, prit

la route de Damas avec sa fille, Dame de
beauté, et Agib, son petit-fils. Ils marchèrent dix-neuf jours de suite sans s'arrêter en nul endroit ; mais le vingtième,
étant arrivés dans une fort belle prairie peu
éloignée des portes de Damas, ils mirent
pied à terre, et firent dresser leurs tentes
sur le bord d'une rivière qui passe au travers de la ville, et rend ses environs très-
agréables.

Le visir Schemseddin Mohammed déclara qu'il voulait séjourner deux jours
dans ce beau lieu, et que le troisième il
continuerait son voyage. Cependant il
permit aux gens de sa suite d'aller à Damas.
Ils profitèrent presque tous de cette permission : les uns poussés par la curiosité de
voir une ville dont ils avaient ouï parler
si avantageusement ; les autres pour y
vendre des marchandises d'Egyte qu'ils
avaient apportées, ou pour y acheter des
étoffes et des raretés du pays. Dame de
beauté, souhaitant que son fils Agib eût
aussi la satisfaction de se promener dans
cette célèbre ville, ordonna à l'eunuque
noir qui servait de gouverneur à cet enfant,

de l'y conduire, et de bien prendre garde qu'il ne lui arrivât quelque accident.

Agib, magnifiquement habillé, se mit en marche avec l'eunuque, qui avait à la main une grosse canne. Ils ne furent pas plutôt entrés dans la ville, qu'Agib, qui était beau comme le jour, attira sur lui les yeux de tout le monde. Les uns sortaient de leurs maisons pour le voir de plus près; les autres mettaient la tête aux fenêtres; et ceux qui passaient dans les rues ne se contentaient pas de s'arrêter pour le regarder, ils l'accompagnaient, pour avoir le plaisir de le considérer plus long-temps. Enfin, il n'y avait personne qui ne l'admirât, et qui ne donnât mille bénédictions au père et à la mère qui avaient mis au monde un si bel enfant. L'eunuque et lui arrivèrent par hasard devant la boutique où était Bedreddin Hassan; et là, ils se virent entourés d'une si grande foule de peuple, qu'ils furent obligés de s'arrêter.

Le pâtissier qui avait adopté Bedreddin Hassan, était mort depuis quelques années, et lui avait laissé, comme à son héritier, sa boutique avec tous ses autres biens. Bedreddin était donc alors maître de la boutique; et il exerçait la profession de pâtissier si habilement, qu'il était en grande réputation dans Damas. Voyant que tant de monde, assemblé devant sa porte, regardait avec beaucoup d'attention Agib et l'eunuque noir, il se mit à les regarder aussi...

Scheherazade, à ces mots, voyant paraître le jour, se tut. Schahriar se leva, fort impatient de savoir ce qui se passerait entre Agib et Bedreddin. La Sultane satisfit son impatience sur la fin de la nuit suivante, et reprit ainsi la parole :

~~~~~~

CXIIe NUIT.

BEDREDDIN HASSAN, poursuivit le visir Giafar, ayant jeté les yeux particulièrement sur Agib, se sentit aussitôt tout ému, sans savoir pourquoi. Il n'était pas frappé, comme le peuple, de l'éclatante beauté de ce jeune garçon ; son trouble et son émotion avaient une autre cause qui lui était inconnue : c'était la force du

sang qui agissait dans ce tendre père, lequel, interrompant ses occupations, s'approcha d'Agib, et lui dit d'un air engageant : « Petit seigneur, qui m'avez gagné
l'ame, faites-moi la grâce d'entrer dans
ma boutique et de manger quelque chose
de ma façon, afin que pendant ce temps-
là j'aie le plaisir de vous admirer à mon
aise. » Il prononça ces paroles avec tant
de tendresse, que les larmes lui en vinrent aux yeux. Le petit Agib en fut touché, et se tourna vers l'eunuque : « Ce
bonhomme, lui dit-il, a une physionomie qui me plaît; et il me parle d'une
manière si affectueuse, que je ne puis me
défendre de faire ce qu'il souhaite. En-
trons chez lui, et mangeons de sa pâtisserie. » « Ah vraiment, lui dit l'esclave,
il ferait beau voir qu'un fils de visir,
comme vous, entrât dans la boutique
d'un pâtissier pour y manger; ne croyez
pas que je le souffre. » « Hélas ! mon petit
seigneur, s'écria alors Bedreddin Hassan,
on est bien cruel de confier votre conduite à un homme qui vous traite avec
tant de dureté. » Puis s'adressant à l'eu-

nuque : « Mon bon ami, ajouta-t-il, n'em-
pêchez pas ce jeune seigneur de m'accorder la grâce que je lui demande ; ne me
donnez pas cette mortification. Faites-moi
plutôt l'honneur d'entrer avec lui chez
moi ; et par-là vous ferez connaître que
si vous êtes brun au-dehors, comme la
châtaigne, vous êtes blanc aussi au-de-
dans comme elle. Savez-vous bien, poursuivit-il, que je sais le secret de vous
rendre blanc, de noir que vous êtes ? »
L'eunuque se mit à rire à ce discours, et
demanda à Bedreddin ce que c'était que
ce secret. « Je vais vous l'apprendre, répondit-il. » Aussitôt il lui récita des vers
à la louange des eunuques noirs ; disant
que c'était par leur ministère que l'honneur des Sultans, des princes et de tous
les grands était en sûreté. L'eunuque fut
charmé de ces vers ; et cessant de résister
aux prières de Bedreddin, laissa entrer
Agib dans sa boutique, et y entra aussi
lui-même.

Bedreddin Hassan sentit une extrême
joie d'avoir obtenu ce qu'il avait désiré
avec tant d'ardeur ; et se remettant au tra-

vail qu'il avait interrompu : « Je faisais, dit-il, des tartes à la crème; il faut, s'il vous plaît, que vous en mangiez; je suis persuadé que vous les trouverez excellentes ; car ma mère, qui les fait admirablement bien, m'a appris à les faire, et l'on vient en prendre chez moi de tous les endroits de cette ville. » En achevant ces mots, il tira du four une tarte à la crème; et après avoir mis dessus des grains de grenade et du sucre, il la servit devant Agib, qui la trouva délicieuse. L'eunuque, à qui Bedreddin en présenta aussi, en porta le même jugement.

Pendant qu'ils mangeaient tous deux, Bedreddin Hassan examinait Agib avec une grande attention ; et se représentant en le regardant qu'il avait peut-être un semblable fils de la charmante épouse dont il avait été si tôt et si cruellement séparé, cette pensée fit couler de ses yeux quelques larmes. Il se préparait à faire des questions au petit Agib sur le sujet de son voyage à Damas; mais cet enfant n'eut pas le temps de satisfaire sa curiosité, parce que l'eunuque, qui le pres-

sait de s'en retourner sous les tentes de
son aïeul, l'emmena dès qu'il eut mangé.
Bedreddin Hassan ne se contenta pas de
les suivre de l'œil, il ferma sa boutique
promptement, et marcha sur leurs pas....

Scheherazade, en cet endroit, remarquant qu'il était jour, cessa de poursuivre
cette histoire. Schahriar se leva, résolu
de l'entendre tout entière, et de laisser
vivre la Sultane jusqu'à ce temps-là.

~~~~~~~~~~~~~~~~~~~~~~~~~~~~~~~~~~~

CXIIIᵉ NUIT.

Le lendemain avant le jour, Dinarzade
réveilla sa sœur, qui reprit ainsi son discours :

Bedreddin Hassan, continua le visir
Giafar, courut donc après Agib et l'eunuque, et les joignit avant qu'ils fussent
arrivés à la porte de la ville. L'eunuque
s'étant aperçu qu'il les suivait, en fut extrêmement surpris. « Importun que vous
êtes, lui dit-il en colère, que demandez-
vous ? » « Mon bon ami, lui répondit
Bedreddin, ne vous fâchez pas ; j'ai hors

de la ville une petite affaire dont je me suis souvenu, et à laquelle il faut que j'aille donner ordre. » Cette réponse n'appaisa point l'eunuque, qui, se tournant vers Agib, lui dit : « Voilà ce que vous m'avez attiré. Je l'avais bien prévu, que je me repentirais de ma complaisance : vous avez voulu entrer dans la boutique de cet homme ; je ne suis pas sage de vous l'avoir permis. » « Peut-être, dit Agib, a-t-il effectivement affaire hors de la ville ; et les chemins sont libres pour tout le monde. » En disant cela, ils continuèrent de marcher l'un et l'autre sans regarder derrière eux, jusqu'à ce qu'étant arrivés près des tentes du visir, ils retournèrent pour voir si Bedreddin les suivait toujours. Alors Agib remarquant qu'il était à deux pas de lui, rougit et pâlit successivement, selon les divers mouvemens qui l'agitaient. Il craignait que le visir, son aïeul, ne vînt à savoir qu'il était entré dans la boutique d'un pâtissier, et qu'il y avait mangé. Dans cette crainte, ramassant une assez grosse pierre qui se trouva à ses pieds, il la lui jeta, le frappa au milieu du front, et lui couvrit le visage de sang; après quoi se mettant à courir de toute sa force, il se sauva sous les tentes avec l'eunuque, qui dit à Bedreddin Hassan qu'il ne devait pas se plaindre de ce malheur, qu'il avait mérité, et qu'il s'était attiré lui-même.

Bedreddin reprit le chemin de la ville, en étanchant le sang de sa plaie avec son tablier, qu'il n'avait pas ôté. « J'ai tort, disait-il en lui-même, d'avoir abandonné ma maison pour faire tant de peine à cet enfant; car il ne m'a traité de cette manière, que parce qu'il a cru sans doute que je méditais quelque dessein funeste contre lui. » Etant arrivé chez lui, il se fit panser, et se consola de cet accident, en faisant réflexion qu'il y avait sur la terre une infinité de gens encore plus malheureux que lui....

Le jour, qui paraissait, imposa silence à la sultane des Indes. Schahriar se leva en plaignant Bedreddin, et fort impatient de savoir la suite de cette histoire.

~~~~~~

CXIV^e NUIT.

Sur la fin de la nuit suivante, Schche-
razade adressant la parole au sultan des
Indes : « Sire, dit-elle, le grand-visir Giafar poursuivit ainsi l'histoire de Bedreddin Hassan :

Bedreddin, dit-il, continua d'exercer
sa profession de pâtissier à Damas, et son
oncle Schemseddin Mohammed en partit
trois jours après son arrivée. Il prit la route
d'Emèse, d'où il se rendit à Hamach, et
de là à Alep, où il s'arrêta deux jours.
d'Alep, il alla passer l'Euphrate, entra
dans la Mésopotamie; et, après avoir traversé Mardin, Moussoul, Singira, Diar-
bekir et plusieurs autres villes, arriva enfin à Balsora, où d'abord il fit demander
audience au Sultan, qui ne fut pas plutôt
informé du rang de Schemseddin Mohammed, qu'il la lui donna. Il le reçut même
très - favorablement, et lui demanda le
sujet de son voyage à Balsora. « Sire, ré-

pondit le visir Schemseddin Mohammed,
je suis venu pour apprendre des nouvelles
du fils de Noureddin Ali, mon frère, qui
a eu l'honneur de servir Votre Majesté. »
« Il y long-temps que Noureddin Ali est
mort, reprit le Sultan. A l'égard de son
fils, tout ce qu'on vous en pourra dire,
c'est qu'environ deux mois après la mort
de son père, il disparut tout-à-coup, et
que personne ne l'a vu depuis ce temps-
là, quelque soin que j'aie pris de le faire
chercher. Mais sa mère, qui est fille d'un
de mes visirs, vit encore. » Schemseddin
Mohammed lui demanda la permission de
la voir, et de l'amener en Egypte. Le Sultan y ayant consenti, il ne voulut pas
différer au lendemain à se donner cette
satisfaction ; il se fit enseigner où demeurait cette dame, et se rendit chez elle à
l'heure même, accompagné de sa fille et
de son petit-fils.

La veuve de Noureddin Ali demeurait
toujours dans l'hôtel où avait demeuré
son mari jusqu'à sa mort. C'était une très-
belle maison, superbement bâtie et ornée
de colonnes de marbre ; mais Schemsed-

din Móhammed ne s'arrêta pas à l'admirer. En arrivant, il baisa la porte et un marbre sur lequel était écrit en lettres d'or le nom de son frère. Il demanda à parler à sa belle-sœur. Les domestiques lui dirent qu'elle était dans un petit édifice en forme de dôme, qu'ils lui montrèrent au milieu d'une cour très-spacieuse. En effet, cette tendre mère avait coutume d'aller passer la meilleure partie du jour et de la nuit dans cet édifice, qu'elle avait fait bâtir pour représenter le tombeau de Bedreddin Hassan, qu'elle croyait mort, après l'avoir si long-temps attendu en vain. Elle y était alors occupée à pleurer ce cher fils, et Schemseddin Mohammed la trouva ensevelie dans une affliction mortelle.

Il lui fit son compliment; et après l'avoir suppliée de suspendre ses larmes et ses gémissemens, il lui apprit qu'il avait l'honneur d'être son beau-frère, et lui dit la raison qui l'avait obligé de partir du Caire, et de venir à Balsora.....

En achevant ces mots, Scheherazade, voyant paraître le jour, cessa de poursuivre son récit; mais elle en reprit le fil de cette sorte sur la fin de la nuit suivante :

~~~~~~~~~~~~~~~~~~~~~~~~~~~~~~~~~~~~~~~

CXVe NUIT.

Schemseddin Mohammed, continua le visir Giafar, après avoir instruit sa belle-sœur de tout ce qui s'était passé au Caire la nuit des noces de sa fille, après lui avoir conté la surprise que lui avait causée la découverte du cahier cousu dans le turban de Bedreddin, lui présenta Agib et Dame de beauté.

Quand la veuve de Noureddin Ali, qui était demeurée assise comme une femme qui ne prenait plus de part aux choses du monde, eut compris, par le discours qu'elle venait d'entendre, que le cher fils qu'elle regrettait tant, pouvait vivre encore, elle se leva, embrassa très-étroitement Dame de beauté et son petit-fils Agib; et re-connaissant, dans ce dernier, les traits de Bedreddin, elle versa des larmes d'une nature bien différente de celles qu'elle

répandait depuis si long-temps. Elle ne
pouvait se lasser de baiser ce jeune homme, qui, de son côté, recevait ses embrassemens avec toutes les démonstrations
de joie dont il était capable. « Madame,
dit Schemseddin Mohammed, il est temps
de finir vos regrets et d'essuyer vos larmes : il faut vous disposer à venir en
Egypte avec nous. Le sultan de Balsora
me permet de vous emmener, et je ne
doute pas que vous n'y consentiez. J'espère que nous rencontrerons enfin votre
fils mon neveu ; et si cela arrive, son histoire, la vôtre, celle de ma fille et la
mienne, mériteront d'être écrites pour
être transmises à la postérité. »

La veuve de Noureddin Ali écouta
cette proposition avec plaisir, et fit tra-
vailler dès ce moment aux préparatifs de
son départ. Pendant ce temps-là, Schemseddin Mohammed demanda une seconde
audience, et ayant pris congé du Sultan,
qui le renvoya comblé d'honneurs, avec
un présent considérable pour le sultan
d'Egypte, il partit de Balsora, et reprit
le chemin de Damas.

Lorsqu'il fut près de cette ville, il fit dresser ses tentes hors de la porte par laquelle il devait entrer, et dit qu'il y séjournerait trois jours, pour faire reposer son équipage, et pour acheter ce qu'il trouverait de plus curieux et de plus digne d'être présenté au sultan d'Egypte.

Pendant qu'il était occupé à choisir lui-même les plus belles étoffes que les principaux marchands avaient apportées sous ses tentes, Agib pria l'eunuque noir, son conducteur, de le mener promener dans la ville, disant qu'il souhaitait voir les choses qu'il n'avait pas eu le temps de voir en passant, et qu'il serait bien aise aussi d'apprendre des nouvelles du pâtissier à qui il avait donné un coup de pierre. L'eunuque y consentit, marcha vers la ville avec lui, après en avoir obtenu la permission de sa mère, Dame de beauté.

Ils entrèrent dans Damas par la porte du palais, qui était la plus proche des tentes du visir Schemseddin Mohammed. Ils parcoururent les grandes places, les lieux publics et couverts où se vendaient les marchandises les plus riches, et virent

l'ancienne mosquée des Ommiades*, dans
le temps qu'on s'y assemblait pour faire
la prière d'entre le midi et le coucher du
soleil. Ils passèrent ensuite devant la boutique de Bedreddin Hassan, qu'ils trouvèrent encore occupé à faire des tartes à la
crême. « Je vous salue, lui dit Agib : re-
gardez-moi; vous souvenez-vous de m'a-
voir vu ? » A ces mots, Bedreddin jeta les
yeux sur lui; et le reconnaissant (ô surprenant effet de l'amour paternel!) il sentit la même émotion que la première fois :
il se troubla; et au lieu de lui répondre,
il demeura long-temps sans pouvoir proférer une seule parole. Néanmoins, ayant
rappelé ses esprits : « Mon petit Seigneur,
lui dit-il, faites-moi la grâce d'entrer encore une fois chez moi, avec votre gouverneur; venez goûter d'une tarte à la
crême. Je vous supplie de me pardonner
la peine que je vous fis en vous suivant
hors de la ville; je ne me possédais pas,
je ne savais ce que je faisais; vous m'en

---

* Nom des califes de Damas, qui leur vint
d'Ommiab, un de leurs ancêtres.

traîniez après vous , sans que je pusse
résister à une si douce violence.....

Scheherazade cessa de parler en cet
endroit, parce qu'elle vit paraître le jour.
Le lendemain , elle reprit de cette manière la suite de son discours :

~~~~~~

CXVIᵉ NUIT.

Commandeur des croyans, poursuivit le
visir Giafar, Agib , étonné d'entendre ce
que lui disait Bedreddin, répondit : « Il y
a de l'excès dans l'amitié que vous me té-
moignez, et je ne veux point entrer chez
vous, que vous ne vous soyez engagé par
serment à ne me pas suivre quand j'en
serai sorti. Si vous me le promettez, et
que vous soyez homme de parole, je vous
reviendrai voir encore demain, pendant
que le visir mon aïeul achetera de quoi
faire présent au sultan d'Egypte. » « Mon
petit Seigneur, reprit Bedreddin Hassan,
je ferai tout ce que vous m'ordonnerez. »
A ces mots, Agib et l'eunuque entrèrent
dans la boutique.

Bedreddin leur servit aussitôt une tarte
à la crême, qui n'était pas moins délicate
ni moins excellente que celle qu'il leur
avait présentée la première fois. « Venez,
lui dit Agib, asseyez-vous auprès de moi,
et mangez avec nous. » Bedreddin s'étant
assis, voulut embrasser Agib, pour lui
marquer la joie qu'il avait de se voir à
ses côtés; mais Agib le repoussa en lui
disant : « Tenez-vous en repos, votre
amitié est trop vive. Contentez-vous de
me regarder et de m'entretenir. » Beddreddin obéit, et se mit à chanter une
chanson dont il composa sur-le-champ les
paroles à la louange d'Agib. Il ne mangea
point, et ne fit autre chose que servir ses
hôtes. Lorsqu'ils eurent achevé de manger, il leur présenta à laver, et une ser-
viette très-blanche pour s'essuyer les
mains. Il prit ensuite un vase de sorbet,
et leur en prépara plein une grande porcelaine où il mit de la neige * fort propre.
Puis présentant la porcelaine au petit

* C'est ainsi que l'on rafraîchit la boisson dans
tout le Levant, où l'on a l'usage de la neige.

Agib : « Prenez, lui dit-il ; c'est un sorbet de rose, le plus délicieux qu'on puisse trouver dans toute cette ville ; jamais vous n'en avez goûté de meilleur. » Agib en ayant bu avec plaisir, Bedreddin Hassan reprit la porcelaine, et la présenta aussi à l'eunuque, qui but à longs traits toute la liqueur jusqu'à la dernière goutte.

Enfin Agib et son gouverneur, rassasiés, remercièrent le pâtissier de la bonne chère qu'il leur avait faite, et se retirèrent en diligence, parce qu'il était déjà un peu tard. Ils arrivèrent sous les tentes de Schemseddin Mohammed, et allèrent d'abord à celle des dames. La grand'mère d'Agib fut ravie de le revoir ; et comme elle avait toujours son fils Bedreddin dans l'esprit, elle ne put retenir ses larmes en embrassant Agib : « Ah ! mon fils, lui dit-elle, ma joie serait parfaite, si j'avais le plaisir d'embrasser votre père Bedreddin Hassan, comme je vous embrasse. » Elle se mettait alors à table pour souper ; elle le fit asseoir auprès d'elle, lui fit plusieurs questions sur sa promenade ; et en lui disant qu'il ne devait pas manquer d'appé-

tit, elle lui servit un morceau d'une tarte
à la crême qu'elle avait elle-même faite,
et qui était excellente ; car on a déjà dit
qu'elle les savait mieux faire que les meil-
leurs pâtissiers. Elle en présenta aussi à
l'eunuque ; mais ils en avaient tellement
mangé l'un et l'autre chez Bedreddin, qu'ils
n'en pouvaient pas seulement goûter.....

Le jour, qui paraissait, empêcha Scheherazade d'en dire davantage cette nuit ;
mais sur la fin de la nuit suivante, elle
continua son récit dans ces termes :

CXVIIᵉ NUIT.

AGIB eut à peine touché au morceau de
tarte à la crême qu'on lui avait servi, que
feignant de ne le pas trouver à son goût,
il le laissa tout entier ; et Schaban (c'est
le nom de l'ennuque) fit la même chose.
La veuve de Nourredin Ali s'aperçut du
peu de cas que son petit-fils faisait de sa
tarte. « Hé quoi ! mon fils, lui dit-elle,
est-il possible que vous méprisiez ainsi
l'ouvrage de mes propres mains ? Appre-

nez que personne au monde n'est capable
de faire de si bonnes tartes à la crême , excepté votre père Bedreddin Hassan , à qui
j'ai enseigné le grand art d'en faire de pa-
reilles. » « Ah ! ma bonne grand'mère !
s'écria Agib , permettez-moi de vous dire
que si vous n'en savez pas faire de meil-
leures , il y a un pâtissier dans cette ville
qui vous surpasse dans ce grand art : nous
venons d'en manger chez lui une qui vaut
beaucoup mieux que celle-ci. »

A ces paroles, la grand'mère regardant
l'eunuque de travers : « Comment, Schaban! lui dit-elle avec colère , vous a-t-on
commis la garde de mon petit-fils pour le
mener manger chez des pâtissiers comme
un gueux ? » « Madame , répondit l'eunuque, il est bien vrai que nous nous sommes
entretenus quelque temps avec un pâtissier ; mais nous n'avons pas mangé chez
lui. » «Pardonnez-moi, interrompit Agib ,
nous sommes entrés dans sa boutique , et
nous y avons mangé d'une tarte à la crême. « La dame , plus irritée qu'auparavant
contre l'eunuque , se leva de table assez
brusquement, courut à la tente de Schem-

seddin Mohammed, qu'elle informa du
délit de l'eunuque, dans des termes plus
propres à animer le visir contre le délin-
quant, qu'à lui faire excuser sa faute.

Schemseddin Mohammed, qui était
naturellement emporté, ne perdit pas une
si belle occasion de se mettre en colère.
Il se rendit à l'instant sous la tente de sa
belle-sœur, et dit à l'eunuque : « Quoi !
malheureux, tu as la hardiesse d'abuser
de la confiance que j'ai en toi ! » Schaban,
quoique suffisamment convaincu par le
témoignage d'Agib, prit le parti de nier
encore le fait. Mais l'enfant, soutenant
toujours le contraire : « Mon grand-père,
dit-il, Schemseddin Mohammed, je vous
assure que nous avons si bien mangé l'un
et l'autre, que nous n'avons pas besoin de
souper : le pâtissier nous a même régalés
d'une grande porcelaine de sorbet. » « Hé
bien, méchant esclave ! s'écria le visir en
se tournant vers l'eunuque ; après cela,
ne veux-tu pas convenir que vous êtes
entrés tous deux chez un pâtissier, et que
vous y avez mangé ? » Schaban eut encore
l'effronterie de jurer que cela n'était pas

vrai. « Tu est menteur, lui dit alors le visir : je crois plutôt mon petit-fils que toi. Néanmoins, si tu peux manger toute cette tarte à la crème qui est sur la table, je serai persuadé que tu dis la vérité. »

Schaban, quoiqu'il en eût jusqu'à la gorge, se soumit à cette épreuve, et prit un morceau de la tarte à la crème ; mais il fut obligé de le retirer de sa bouche, car le cœur lui souleva. Il ne laissa pas pourtant de mentir encore, en disant qu'il avait tant mangé le jour précédent, que l'appétit ne lui était pas encore revenu. Le visir, irrité de tous les mensonges de l'eunuque, et convaincu qu'il était coupable, le fit coucher par terre, et commanda qu'on lui donnât la bastonnade. Le malheureux poussa de grands cris en souffrant ce châtiment, et confessa la vérité.

« Il est vrai, s'écria-t-il, que nous avons mangé une tarte à la crème chez un pâtissier ; et elle était cent fois meilleure que celle qui est sur cette table. »

La veuve de Noureddin Ali crut que c'était par dépit contre elle et pour la mortifier, que Schaban louait la tarte du

pâtissier; c'est pourquoi, s'adressant à lui :
« Je ne puis croire, dit-elle, que les tartes
à la crème de ce pâtissier soient plus excellentes que les miennes. Je veux m'en
éclaircir : tu sais où il demeure ; va chez
lui, et m'apporte une tarte à la crème tout
à l'heure. » En parlant ainsi, elle fit donner de l'argent à l'eunuque pour acheter
la tarte, et il partit. Etant arrivé à la boutique de Bedreddin : « Mon pâtissier,
lui dit-il, tenez, voilà de l'argent, donnez-
moi une tarte à la crème ; une de nos
dames souhaite d'en goûter. » Il y en
avait alors de toutes chaudes ; Bedreddin
choisit la meilleure, et la donnant à l'eunuque : « Prenez celle-ci, dit-il, je vous
la garantis excellente, et je puis vous
assurer que personne au monde n'est capable d'en faire de semblables, si ce n'est
ma mère, qui vit peut-être encore. »

Schaban revint en diligence sous les
tentes, avec sa tarte à la crème. Il la présenta à la veuve de Noureddin Ali, qui
la prit avec empressement. Elle en rompit
un morceau pour le manger ; mais elle ne
l'eut pas plutôt porté à sa bouche, qu'elle

fit un grand cri, et qu'elle tomba évanouie.
Schemseddin Mohammed, qui était présent, fut extrêmement étonné de cet accident : il jeta de l'eau lui-même au visage
de sa belle-sœur, et s'empressa fort à la
secourir. Dès qu'elle fut revenue de sa faiblesse : O dieu ! s'écria-t-elle, il faut que
ce soit mon fils, mon cher fils Bedreddin
qui ait fait cette tarte.... »

La clarté du jour, en cet endroit, vint
imposer silence à Scheherazade. Le Sultan
des Indes se leva pour faire sa prière et
aller tenir son conseil ; et la nuit suivante,
la Sultane poursuivit ainsi l'histoire de
Bedreddin Hassan :

~~~~~~

CXVIII⁰ NUIT.

QUAND le visir Schemseddin Mohammed
eut entendu dire à sa belle-sœur qu'il fallait que ce fût Bedreddin Hassan qui eût
fait la tarte à crème que l'eunuque venait
d'apporter, il sentit une joie inconcevable ; mais venant à faire réflexion que cette
joie était sans fondement, et que, selon

toutes les apparences, la conjecture de
la veuve de Noureddin devait être fausse,
il lui dit : « Mais, Madame, pourquoi
avez-vous cette opinion ? Ne se peut-il
pas trouver un pâtissier au monde qui
sache aussi bien faire des tartes à la crême
que votre fils ? » « Je conviens, répondit-
elle, qu'il y a peut-être des pâtissiers
capables d'en faire d'aussi bonnes ; mais
comme je les fais d'une manière toute singulière, et que nul autre que mon fils
n'a ce secret, il faut absolument que ce
soit lui qui ait fait celle-ci. Réjouissons-
nous, mon frère, ajouta-t-elle avec transport, nous avons enfin trouvé ce que nous
cherchons et désirons depuis si long-
temps. » « Madame, répliqua le visir,
modérez, je vous prie, votre impatience :
nous saurons bientôt ce que nous en devons
penser. Il n'y a qu'à faire venir ici le pâtissier : si c'est Bedreddin Hassan, vous
le reconnaîtrez bien, ma fille et vous ;
mais il faut que vous vous cachiez toutes
deux, et que vous le voyiez sans qu'il vous
voie ; car je ne veux pas que notre reconnaissance se fasse à Damas : j'ai dessein de

la prolonger jusqu'à ce que nous soyons de
retour au Caire, où je me propose de vous
donner un divertissement très-agréable. »

En achevant ces paroles; il laissa les
dames sous leur tente, et se rendit sous
la sienne. Là il fit venir cinquante de ces
gens, et leur dit : « Prenez chacun un
bâton, et suivez Schaban, qui va vous conduire chez un pâtissier de cette ville. Lorsque vous y serez arrivés, rompez, brisez
tout ce que vous trouverez dans sa boutique. S'il vous demande pourquoi vous
faites ce désordre, demandez-lui seulement
si ce n'est pas lui qui a fait la tarte à la
crème qu'on a été prendre chez lui. S'il
vous répond qu'oui, saisissez-vous de sa
personne, liez-le bien et me l'amenez ;
mais gardez-vous de le frapper, ni de lui
faire le moindre mal. Allez, et ne perdez
pas de temps. »

Le visir fut promptement obéi ; ses gens,
armés de bâtons, et conduits par l'eunuque
noir, se rendirent en diligence chez Bedreddin Hassan, où ils mirent en pièces
les plats, les chaudrons, les casseroles,
les tables, et tous les autres meubles et

ustensiles qu'ils trouvèrent, et inondèrent sa boutique de sorbet, de crême et de confitures. A ce spectacle, Bedreddin Hassan, fort étonné, leur dit d'un ton de voix pitoyable : « Hé, bonnes gens, pourquoi me traitez-vous de la sorte ? De quoi s'agit-il ? Qu'ai-je fait ? » « N'est-ce pas vous, dirent-ils, qui avez fait la tarte à la crême que vous avez vendue à l'eunuque noir que vous voyez ? » « Oui, c'est moi-même, répondit-il ; qu'y trouve-t-on à dire ? Je défie qui que ce soit d'en faire une meilleure. » Au lieu de lui repartir, ils continuèrent de briser tout, et le four même ne fut pas épargné.

Cependant les voisins étant accourus au bruit, et fort surpris de voir cinquante hommes armés commetre un pareil désordre, demandaient le sujet d'une si grande violence ; et Bedreddin encore une fois dit à ceux qui la lui faisaient : « Apprenez-moi, de grâce, quel crime je puis avoir commis, pour rompre et briser ainsi tout ce qu'il y a chez moi. » « N'est-ce pas vous, répondirent ils, qui avez fait la tarte à la crême que vous avez vendue à cet

eunuque? » « Oui, oui, c'est moi, repartit-
il ; je soutiens qu'elle est bonne, et je ne
mérite pas le traitement injuste que vous
me faites. » Ils se saisirent de sa personne,
sans l'écouter ; et après lui avoir arraché
la toile de son turban, ils s'en servirent
pour lui lier les mains derrière le dos;
puis le tirant par force de sa boutique,
ils commencèrent à l'emmener.

La populace qui s'était assemblée là,
touchée de compassion pour Bedreddin,
prit son parti, et voulut s'opposer au dessein des gens de Schemseddin Mohammed ; mais il survint en ce moment des
officiers du gouverneur de la ville, qui
écartèrent le peuple, et favorisèrent l'en-
lèvement de Bedreddin, parce que Schemseddin Mohammed était allé chez le gouverneur de Damas, pour l'informer de l'ordre qu'il avait donné, et pour lui demander main-forte; et ce gouverneur, qui
commandait sur toute la Syrie au nom
du sultan d'Egypte, n'avait eu garde de
rien refuser au visir de son maître. On
entraînait donc Bedreddin malgré ses cris
et ses larmes....»

Scheherazade n'en put dire davantage, à cause du jour, qu'elle vit paraître; mais le lendemain, elle reprit sa narration, et dit au sultan des Indes:

~~~~~~

CXIXe NUIT.

Sire, le visir Giafar continuant de parler au calife:

Bedreddin Hassan, dit-il, avait beau demander en chemin aux personnes qui l'emmenaient, ce que l'on avait trouvé dans sa tarte à la crème, on ne lui répondait rien. Enfin il arriva sous les tentes, où on le fit attendre jusqu'à ce que Schemseddin Mohammed fût revenu de chez le gouverneur de Damas.

Le visir étant de retour, demanda des nouvelles du pâtissier; on le lui amena. « Seigneur, lui dit Bedreddin, les larmes aux yeux, faites-moi la grâce de me dire en quoi je vous ai offensé. » Ah! malheureux, répondit le visir; n'est-ce pas toi qui as fait la tarte à la crème que tu m'as envoyée? » « J'avoue que c'est moi, ré-

partit Bedreddin. Quel crime ai-je commis en cela? » « Je te châtierai comme
tu le mérites, répliqua Schemseddin Mohammed, et il t'en coûtera la vie pour
avoir fait une si méchante tarte. » « Hé,
bon Dieu! s'écria Bedreddin, qu'est-ce
que j'entends! Est-ce un crime digne de
mort d'avoir fait une méchante tarte à la
crême?» «Oui, dit le visir, et tu ne dois
pas attendre de moi un autre traitement. »

Pendant qu'ils s'entretenaient ainsi
tous deux, les dames, qui s'étaient ca-
chées, observaient avec attention Bedreddin, qu'elles n'eurent pas de peine à reconnaître, malgré le long temps qu'elles
ne l'avaient vu. La joie qu'elles en eurent
fut telle, qu'elles en tombèrent évanouies.
Quand elles furent revenues de leur évanouissement, elles voulaient s'aller jeter
au cou de Bedreddin; mais la parole
qu'elles avaient donnée au visir de ne se
point montrer, l'emporta sur les plus ten-
dres mouvemens de l'amour et de la nature.

Comme Schemseddin Mohammed avait
résolu de partir cette même nuit, il fit

plier les tentes, et préparer les voitures pour se mettre en marche; et à l'égard de Bedreddin, il ordonna qu'on le mît dans une caisse bien fermée, et qu'on le chargeât sur un chameau. D'abord que tout fut prêt pour le départ, le visir et les gens de sa suite se mirent en chemin. Ils marchèrent le reste de la nuit et le jour suivant sans se reposer. Ils ne s'arrêtèrent qu'à l'entrée de la nuit. Alors on tira Bedreddin Hassan de sa caisse pour lui faire prendre de la nourriture; mais on eut soin de le tenir éloigné de sa mère et de sa femme; et pendant vingt jours que dura le voyage, on le traita de la même manière.

En arrivant au Caire, on campa aux environs de la ville, par ordre du visir Schemseddin Mohammed, qui se fit amener Bedreddin, devant lequel il dit à un charpentier qu'il avait fait venir : « Va chercher du bois, et dresse promptement un poteau. » « Hé, Seigneur, dit Bedreddin, que prétendez-vous faire de ce poteau? » « T'y attacher, repartit le visir; et ensuite te faire promener par tous les quartiers de la ville, afin qu'on voie en ta personne un indigne pâtissier qui fait des tartes à la crême sans y mettre de poivre.»

A ces mots, Bedreddin Hassan s'écria d'une manière si plaisante, que Schemseddin Mohammed eut bien de la peine à garder son sérieux : «Grand Dieu! c'est donc pour n'avoir pas mis de poivre dans une tarte à la crême, qu'on veut me faire souffrir une mort aussi cruelle qu'ignominieuse!»

En achevant ces mots, Scheherazade remarquant qu'il était jour, se tut, et Schahriar se leva en riant de tout son cœur de la frayeur de Bedreddin, et fort curieux d'entendre la suite de cette histoire, que la Sultane reprit de cette sorte le lendemain avant le jour :

CXXᵉ NUIT.

Sire, le calife Haroun Alraschid, malgré sa gravité, ne put s'empêcher de rire quand le visir Giafar lui dit que Schemseddin Mohammed menaçait de faire mou-

rir Bereddin pour n'avoir pas mis du poivre dans la tarte à la crême qu'il avait
vendue à Schaban.

« Hé quoi! disait Bedreddin, faut-il qu'on
ait tout rompu et brisé dans ma maison,
qu'on m'ait emprisonné dans une caisse,
et qu'enfin on s'apprête à m'attacher à un
poteau, et tout cela parce que je ne mets
pas de poivre dans une tarte à la crême!
Hé, grand Dieu! qui a jamais ouï parler
d'une pareille chose? Sont-ce là des actions de Musulmans, de personnes qui
font profession de probité, de justice, et
qui pratiquent toutes sortes de bonnes
œuvres? » En disant cela, il fondait en
larmes; puis recommençant ses plaintes :
« Non, reprenait-il, jamais personne n'a
été traité si injustement ni si rigoureuse-
ment. Est-il possible qu'on soit capable
d'ôter la vie à un homme pour n'avoir
pas mis de poivre dans une tarte à la
crême? Que maudites soient toutes les
tartes à la crême, aussi bien que l'heure
où je suis né! Plût à Dieu que je fusse
mort en ce moment! »

Le désolé Bedreddin ne cessa de se

lamenter ; et lorsqu'on apporta le poteau et les clous pour l'y clouer, il poussa de grands cris à ce spectacle terrible. « O Ciel ! dit-il, pouvez-vous souffrir que je meure d'un trépas infâme et douloureux ? Et cela pour quel crime ? Ce n'est point pour avoir volé, ni pour avoir tué, ni pour avoir renié ma religion ; c'est pour n'avoir pas mis de poivre dans une tarte à la crème. »

Comme la nuit était alors déjà assez avancée, le visir Schemseddin Moham-med fit remettre Bedreddin dans sa caisse, et lui dit : « Demeure là jusqu'à demain ; le jour ne se passera pas que je ne te fasse mourir. » On emporta la caisse, et l'on en chargea le chameau qui l'avait apportée depuis Damas. On rechargea en même temps tous les autres chameaux ; et le visir étant monté à cheval, fit marcher devant lui le chameau qui portait son neveu, et entra dans la ville, suivi de tout son équipage. Après avoir passé plusieurs rues où personne ne parut, parce que partout le monde s'était retiré, il se rendit à son hôtel, où il fit décharger la caisse, avec défense de l'ouvrir que lorsqu'il l'ordonnerait.

Tandis qu'on déchargeait les autres chameaux, il prit en particulier la mère de Bedreddin Hassan et sa fille; et s'adressant à la dernière : « Dieu soit loué, lui dit-il, ma fille, de ce qu'il nous a fait si heureusement rencontrer votre cousin et votre mari! Vous vous souvenez bien apparemment de l'état où était votre chambre la première nuit de vos noces. Allez, faites-y mettre toutes choses comme elles étaient alors. Si pourtant vous ne vous en souveniez pas, je pourrais y suppléer par l'écrit que j'en ai fait faire. De mon côté, je vais donner ordre au reste. »

Dame de beauté alla exécuter avec joie ce que venait de lui ordonner son père, qui commença aussi à disposer toutes choses dans la salle, de la même manière qu'elles étaient lorsque Bedreddin Hassan s'y était trouvé avec le palefrenier bossu du sultan d'Egypte. A mesure qu'il lisait l'écrit, ses domestiques mettaient chaque meuble à sa place. Le trône ne fut pas oublié, non plus que les bougies allumées.

Quand tout fut préparé dans la salle, le visir entra dans la chambre de sa fille, où il posa l'habillement de Bédreddin avec la bourse de sequins. Cela étant fait, il dit à Dame de beauté : « Déshabillez-vous, ma fille, et vous couchez. Dès que Bédreddin sera entré dans cette chambre, plaignez-vous de ce qu'il a été dehors trop long-temps, et dites-lui que vous avez été bien étonnée en vous réveillant de ne le pas trouver auprès de vous. Pressez-le de se remettre au lit, et demain matin vous nous divertirez, votre belle-mère et moi, en nous rendant compte de ce qui se sera passé entre vous et lui cette nuit. » A ces mots, il sortit de l'appartement de sa fille, et lui laissa la liberté de se coucher.....

Schéhérazade voulait poursuivre son récit; mais le jour, qui commença à paraître, l'en empêcha.

CXXI^e NUIT.

Sur la fin de la nuit suivante, le sultan des Indes, qui avait une extrême impa-

tience d'apprendre comment se dénoue-
rait l'histoire de Bedreddin, réveilla lui-
même Scheherazade, et l'avertit de la
continuer; ce qu'elle fit en ces termes:

Schemseddin Mohammed, dit le visir
Giafar au calife, fit sortir de la salle tous
les domestiques qui y étaient, et leur ordonna de s'éloigner, à la réserve de deux
ou trois qu'il fit demeurer. Il les chargea
d'aller tirer Bedreddin hors de la caisse,
de le mettre en chemise et en caleçon, de
le conduire en cet état dans la salle, de l'y
laisser tout seul, et d'en fermer la porte.

Bedreddin Hassan, quoique accablé
de douleur, s'était endormi pendant tout
ce temps-là, si bien que les domestiques
du visir l'eurent plutôt tiré de la caisse,
mis en chemise et en caleçon, qu'il ne fut
réveillé; et ils le transportèrent dans la
salle si brusquement, qu'ils ne lui donnèrent pas le loisir de se reconnaître. Quand
il se vit seul dans la salle, il promena sa vue
de toutes parts; et les choses qu'il voyait,
rappelant dans sa mémoire le souvenir de
ses noces, il s'aperçut avec étonnement
que c'était la même salle où il avait vu le

palefrenier bossu. Sa surprise augmenta
encore, lorsque s'étant approché doucement de la porte d'une chambre qu'il
trouva ouverte, il vit dedans son habillement au même endroit où il se souvenait
de l'avoir mis la nuit de ses noces. « Bon
Dieu! dit-il en se frottant les yeux, suis-
je endormi, suis-je éveillé? »

Dame de beauté, qui l'observait, après
s'être divertie de son étonnement, ouvrit
tout-à-coup les rideaux de son lit, et
avançant la tête : « Mon cher Seigneur,
lui dit - elle d'un ton assez tendre, que
faites-vous à la porte? Venez vous re-
coucher. Vous avez demeuré dehors bien
long-temps. J'ai été fort surprise, en me
réveillant, de ne vous pas trouver à mes
côtés. » Bedreddin Hassan changea de visage lorsqu'il reconnut que la dame qui
lui parlait était cette charmante personne
avec laquelle il se souvenait d'avoir couché. Il entra dans la chambre; mais au
lieu d'aller au lit, comme il était plein des
idées de tout ce qui lui était arrivé depuis
dix ans, et qu'il ne pouvait se persuader
que tous ces événemens se fussent passés

en une seule nuit, il s'approcha de la
chaise où étaient ses habits et la bourse
de sequins; et après les avoir examinés
avec beaucoup d'attention : « Par le grand
Dieu vivant, s'écria-t-il, voilà des choses
que je ne puis comprendre! La dame,
qui prenait plaisir à voir son embarras,
lui dit : « Encore une fois, Seigneur, venez vous remettre au lit. A quoi vous
amusez-vous? » A ces paroles, il s'avança
vers Dame de beauté : « Je vous supplie,
Madame, lui dit-il, de m'apprendre s'il y
a long-temps que je suis auprès de vous. »
« La question me surprend, répondit-
elle : est-ce que vous ne vous êtes pas levé
d'auprès de moi tout à l'heure? Il faut
que vous ayez l'esprit bien préoccupé. »
« Madame, reprit Bedreddin, je me souviens, il est vrai, d'avoir été près de vous ;
mais je me souviens aussi d'avoir depuis demeuré dix ans à Damas. Si j'ai en effet couché cette nuit avec vous, je ne puis pas en
avoir été éloigné si long-temps. Ces deux
choses sont opposées. Dites-moi, de grâce,
ce que j'en dois penser : si mon mariage
avec vous est une illusion, ou si c'est un

songe que mon absence. » « Oui, Seigneur, repartit Dame de beauté, vous
avez rêvé sans doute que vous avez été
à Damas. » « Il n'y a donc rien de si plai-
sant, s'écria Bedreddin en faisant un éclat
de rire. Je suis assuré, Madame, que ce
songe va vous paraître très-réjouissant.
Imaginez-vous, s'il vous plaît, que je me
suis trouvé à la porte de Damas en chemise et en caleçon, comme je suis en ce
moment; que je suis entré dans la ville
aux huées d'une populace qui me suivait
en m'insultant; que je me suis sauvé chez
un pâtissier, qui m'a adopté, m'a appris
son métier, et m'a laissé tous ses biens en
mourant; qu'après sa mort, j'ai tenu sa
boutique. Enfin, Madame, il m'est arrivé
une infinité d'autres aventures qui seraient trop longues à raconter; et tout ce
que je puis vous dire, c'est que je n'ai pas
mal fait de m'éveiller : sans cela, on m'allait clouer à un poteau. » « Eh, pour quel
sujet, dit Dame de beauté en faisant l'é-
tonnée, voulait-on vous traiter si cruellement? Il fallait donc que vous eussiez
commis un crime énorme? » « Point du

tout, répondit Bedreddin, c'était pour la chose du monde la plus bizarre et la plus ridicule : tout mon crime était d'avoir vendu une tarte à la crême, où je n'avais pas mis de poivre. » « Ah ! pour cela, dit Dame de beauté en riant de toute sa force, il faut avouer qu'on vous faisait une horrible injustice. » « Oh ! Madame, répliqua-t-il, ce n'est pas tout encore : pour cette maudite tarte à la crême, où l'on me reprochait de n'avoir pas mis de poivre, on avait tout rompu et tout brisé dans ma boutique ; on m'avait lié avec des cordes, et enfermé dans une caisse où j'étais si étroitement, qu'il me semble que je m'en sens encore ; enfin, on avait fait venir un charpentier, et on lui avait commandé de dresser un poteau pour me pendre. Mais Dieu soit béni de ce que tout cela n'est que l'ouvrage du sommeil !»

Scheherazade, en cet endroit, apercevant le jour, cessa de parler. Schahriar ne put s'empêcher de rire de ce que Beddreddin Hassan avait pris une chose réelle pour un songe. « Il faut convenir, dit-il, que cela est très-plaisant, et je suis per-

suadé que le lendemain le visir Schém-
seddin Mohammed et sa belle-sœur s'en
divertirent extrêmement. » « Sire, répondit la Sultane, c'est ce que j'aurai l'honneur de vous raconter la nuit prochaine,
si Votre Majesté veut bien me laisser vivre jusqu'à ce temps - là. » Le sultan des
Indes se leva sans rien répliquer à ces
paroles ; mais il était fort éloigné d'avoir
une autre pensée.

CXXIIᵉ NUIT.

Scheherazade, réveillée avant le jour,
reprit ainsi la parole : « Sire, Bedreddin
ne passa pas tranquillement la nuit : il se
réveillait de temps en temps, et se demandait à lui-même s'il rêvait ou s'il était
réveillé. Il se défiait de son bonheur ; et
cherchant à s'en assurer, il ouvrait les rideaux, et parcourait des yeux toute la
chambre. « Je ne me trompe pas, disait-
il : voilà la même chambre où je suis entré
à la place du bossu, et je suis couché avec
la belle dame qui lui était destinée. » Le

jour, qui paraissait, n'avait pas encore
dissipé son inquiétude, lorsque le visir
Schemseddin Mohammed, son oncle,
frappa à la porte, et entra presque en
même temps pour lui donner le bonjour.

Bedreddin Hassan fut dans une surprise
extrême de voir paraître subitement un
homme qu'il connaissait si bien ; mais qui
n'avait plus l'air de ce juge terrible qui
avait prononcé l'arrêt de sa mort : « Ah!
c'est donc vous, s'écria-t-il, qui m'avez
traité si indignement et condamné à une
mort qui me fait encore horreur, pour
une tarte à la crême où je n'avais pas
mis de poivre! » Le visir se prit à rire,
et pour le tirer de la peine, lui conta
comment, par le ministère d'un génie
(car le récit du bossu lui avait fait soupçonner l'aventure), il s'était trouvé chez
lui, et avait épousé sa fille à la place du
palefrenier du Sultan. Il lui apprit ensuite
que c'était par le cahier écrit de la main
de Noureddin Ali, qu'il avait découvert
qu'il était son neveu ; et enfin il lui dit,
qu'en conséquence de cette découverte, il
était parti du Caire, et était allé jusqu'à

Balsora, pour le chercher et apprendre de ses nouvelles. « Mon cher neveu, ajouta-t-il en l'embrassant avec beaucoup de tendresse, je vous demande pardon de tout ce que je vous ai fait souffrir depuis que je vous ai reconnu. J'ai voulu vous ramener chez moi avant que de vous apprendre votre bonheur, que vous devez trouver d'autant plus charmant, qu'il vous a coûté plus de peine. Consolez-vous de toutes vos afflictions, par la joie de vous avoir rendu aux personnes qui vous doivent être les plus chères. Pendant que vous vous habillerez, je vais avertir votre mère, qui est dans une grande impatience de vous embrasser, et je vous amènerai votre fils que vous avez vu à Damas, et pour qui vous vous êtes senti tant d'inclination sans le connaître. »

Il n'y a pas de paroles assez énergiques pour bien exprimer quelle fut la joie de Bedreddin lorsqu'il vit sa mère et son fils Agib. Ces trois personnes ne cessaient de s'embrasser et de faire paraître tous les transports que le sang et la plus vive tendresse peuvent inspirer. La mère dit les

choses du monde les plus touchantes à
Bedreddin : elle lui parla de la douleur
que lui avait causée une si longue absence,
et des pleurs qu'elle avait versés. Le petit
Agib, au lieu de fuir, comme à Damas, les
embrassemens de son père, ne se lassait
point de les recevoir, et Bedreddin Hassan, partagé entre deux objets si dignes
de son amour, ne croyait pas leur pouvoir donner assez de marques de son affection.

Pendant que ces choses se passaient
chez Schemseddin Mohammed, ce visir
était allé au palais, rendre compte au Sultan de l'heureux succès de son voyage. Le
Sultan fut si charmé du récit de cette merveilleuse histoire, qu'il la fit écrire, pour
être conservée soigneusement dans les
archives du royaume. Aussitôt que Schemseddin Mohammed fut de retour au logis,
comme il avait fait préparer un superbe
festin, il se mit à table avec sa famille, et
toute sa maison passa la journée dans de
grandes réjouissances. »

Le visir Giafar ayant ainsi achevé l'histoire de Bedreddin Hassan, dit au calife

Haroun Alraschid : « Commandeur des croyans, voilà ce que j'avais à raconter à Votre Majesté. » le Calife trouva cette histoire si surprenante, qu'il accorda sans hésiter la grâce de l'esclave Rihan ; et pour consoler le jeune homme de la douleur qu'il avait de s'être privé lui-même malheureusement d'une femme qu'il aimait beaucoup, ce prince le maria avec une de ses esclaves, le combla de biens, et le chérit jusqu'à sa mort.

« Mais, Sire, ajouta Scheherazade, remarquant que le jour commençait à paraître, quelque agréable que soit l'histoire que je viens de raconter, j'en sais une autre qui l'est encore davantage. Si Votre Majesté souhaite de l'entendre la nuit prochaine je suis assurée qu'elle en demeurera d'accord. » Schahriar se leva sans rien dire, et fort incertain de ce qu'il avait à faire. « La bonne Sultane, dit-il en lui-même, raconte de fort longues histoires, et quand une fois elle en a commencé une, il n'y a pas moyen de refuser de l'entendre tout entière. Je ne sais si je ne devrais pas la faire mourir aujourd'hui ; mais non, ne

précipitons rien. L'histoire dont elle me
fait fête est peut-être plus divertissante
que toutes celles qu'elle m'a racontées
jusqu'ici; il ne faut pas que je me prive
du plaisir de l'entendre; après qu'elle
m'en aura fait le récit, j'ordonnerai sa
mort.

CXXIII^e NUIT.

DINARZADE ne manqua pas de réveiller
avant le jour la sultane des Indes, laquelle,
après avoir demandé à Schahriar la permission de commencer l'histoire qu'elle
avait promis de raconter, prit ainsi la
parole:

HISTOIRE DU PETIT BOSSU.

IL y avait autrefois à Casgar *, aux
extrémités de la Grande-Tartarie, un
tailleur qui avait une très-belle femme

---

* Casgar, royaume d'Asie, dans la Tartarie.

qu'il aimait beaucoup, et dont il était aimé de même. Un jour qu'il travaillait, un petit bossu vint s'asseoir à l'entrée de sa boutique, et se mit à chanter en jouant du tambour de basque. Le tailleur prit plaisir à l'entendre, et résolut de l'emmener dans sa maison, pour réjouir sa femme: il se dit à lui-même: « Avec ses chansons il nous divertira tous deux ce soir. » Il lui en fit la proposition, et le bossu l'ayant acceptée, il ferma sa boutique, et le mena chez lui.

Dès qu'ils y furent arrivés, la femme du tailleur, qui avait déjà mis le couvert, parce qu'il était temps de souper, servit un bon plat de poisson qu'elle avait préparé. Ils se mirent tous trois à table ; mais en mangeant, le bossu avala par malheur une grosse arête ou un os, dont il mourut en peu de momens, sans que le tailleur et sa femme y pussent remédier. Ils furent l'un et l'autre d'autant plus effrayés de cet accident, qu'il était arrivé chez eux, et qu'ils avaient sujet de craindre que si la justice venait à le savoir, on ne les punît comme des assassins. Le mari néanmoins

3, 14

trouva un expédient pour se défaire du corps mort; il fit réflexion qu'il demeurait dans le voisinage un médecin juif; et là-dessus, ayant formé un projet, pour commencer à l'exécuter, sa femme et lui prirent le bossu, l'un par les pieds, l'autre pas la tête, et le portèrent jusqu'au logis du médecin. Ils frappèrent à sa porte, où aboutissait un escalier très-roide, par où l'on montait à sa chambre. Une servante descend aussitôt, même sans lumière, ouvre, et demande ce qu'ils souhaitent. «Remontez, s'il vous plaît; répondit le tailleur, et dites à votre maître que nous lui amenons un homme bien malade, pour qu'il lui ordonne quelque remède. Tenez, ajouta-t-il, en lui mettant en main une pièce d'argent, donnez-lui cela par avance, afin qu'il soit persuadé que nous n'avons pas dessein de lui faire perdre sa peine.» Pendant que la servante remonta pour faire part au médecin juif d'une si bonne nouvelle, le tailleur et sa femme portèrent promptement le corps du bossu au haut de l'escalier, le laissèrent là, et retournèrent chez eux en diligence.

Cependant la servante ayant dit au médecin qu'un homme et une femme l'attendaient à la porte, et le priaient de descendre pour voir un malade qu'ils avaient
amené, et lui ayant remis entre les mains
l'argent qu'elle avait reçu, il se laissa
transporter de joie : se voyant payé d'a-
vance, il crut que c'était une bonne pra-
tique qu'on lui amenait, et qu'il ne fallait
pas négliger. « Prends vite de la lumière,
dit-il à sa servante, et suis-moi. » En disant
cela, il s'avança vers l'escalier avec tant
de précipitation, qu'il n'attendit point
qu'on l'éclairât ; et venant à rencontrer le
bossu, il lui donna du pied dans les côtes
si rudement, qu'il le fit rouler jusqu'au
bas de l'escalier : peu s'en fallut qu'il ne
tombât et ne roulât avec lui. « Apporte
donc vite de la lumière, cria-t-il à sa servante. » Enfin elle arriva ; il descendit
avec elle ; et trouvant que ce qui avait
roulé, était un homme mort, il fut tellement effrayé de ce spectacle, qu'il invoqua
Moïse, Aaron, Josué, Esdras, et tous
les autres prophètes de sa loi. « Malheureux que je suis ! disait-il, pourquoi

ai-je voulu descendre sans lumière ? J'ai
achevé de tuer ce malade qu'on m'avait
amené. Je suis cause de sa mort, et si le
bon âne d'Esdras * ne vient à mon secours, je suis perdu. Hélas ! on va bientôt
me tirer de chez moi comme un meurtrier ! »

Malgré le trouble qui l'agitait, il ne
laissa pas d'avoir la précaution de fermer
sa porte, de peur que par hasard quelqu'un
venant à passer par la rue, ne s'aperçût du
malheur dont il se croyait la cause. Il prit
ensuite le cadavre, le porta dans la chambre de sa femme, qui faillit à s'évanouir
quand elle le vit entrer avec cette fatale
charge. « Ah ! c'est fait de nous, s'écria-
t-elle, si nous ne trouvons moyen de
mettre cette nuit hors de chez nous ce
corps mort ! Nous perdrons indubitable-
ment la vie, si nous le gardons jusqu'au
jour. Quel malheur ! Comment avez-vous
donc fait pour tuer cet homme ? » « Il ne
s'agit point de cela, repartit le juif, il

* Cet âne est celui qui, selon les mahométans,
servit de monture à Esdras quand il vint de la
captivité de Babylone à Jérusalem.

s'agit de trouver un remède à un mal si pressant.... »

Mais, Sire, dit Scheherazade en s'interrompant en cet endroit, je ne fais pas réflexion qu'il est jour. » A ces mots, elle se tut, et la nuit suivante, elle poursuivit de cette sorte l'histoire du petit bossu :

~~~~~~

CXXIV^e NUIT.

Le médecin et sa femme délibérèrent ensemble sur le moyen de se délivrer du corps mort pendant la nuit. Le médecin eut beau rêver, il ne trouva nul stratagème pour sortir d'embarras; mais sa femme, plus fertile en inventions, dit: » « Il me vient une pensée : portons ce cadavre sur la terrasse de notre logis, et le jetons par la cheminée dans la maison du musulman notre voisin. »

Ce musulman était un des pourvoyeurs du Sultan: il était chargé du soin de fournir l'huile, le beurre, et toutes sortes de graisses. Il avait chez lui son magasin, où les rats et les souris faisaient un grand dégât.

Le médecin juif ayant approuvé l'expédient proposé, sa femme et lui prirent le bossu, le portèrent sur le toit de leur maison, et après lui avoir passé des cordes sous les aisselles, ils le descendirent par la cheminée dans la chambre du pourvoyeur, si doucement, qu'il demeura planté sur ses pieds contre le mur, comme s'il eût été vivant. Lorsqu'ils le sentirent en bas, ils retirèrent les cordes, et le laissèrent dans l'attitude que je viens de dire. Ils étaient à peine descendus et rentrés dans leur chambre, quand le pourvoyeur entra dans la sienne. Il revenait d'un festin de noces auquel il avait été invité ce soir-là, et il avait une lanterne à la main. Il fut assez surpris de voir, à la faveur de sa lumière, un homme debout dans sa cheminée ; mais comme il était naturellement courageux, et qu'il s'imagina que c'était un voleur, il se saisit d'un gros bâton, avec quoi, courant droit au bossu : « Ah, ah ! lui dit-il, je m'imaginais que c'étaient les rats et les souris qui mangeaient mon beurre et mes

graisses, et c'est toi qui descends par la
cheminée pour me voler! Je ne crois pas
qu'il te reprenne jamais envie d'y revenir. » En achevant ces mots, il frappa le
bossu, et lui donna plusieurs coups de
bâton. Le cadavre tomba le nez contre
terre. Le pourvoyeur redouble ses coups;
mais remarquant enfin que le corps qu'il
frappe est sans mouvement, il s'arrête
pour le considérer. Alors voyant que c'é-
tait un cadavre, la crainte commença de
succéder à la colère. « Qu'ai-je fait, misérable! dit-il; je viens d'assommer un
homme! ah! j'ai porté trop loin ma vengeance. Grand Dieu! si vous n'avez pitié
de moi, c'est fait de ma vie. Maudits
soient mille fois les graisses et les huiles
qui sont cause que j'ai commis une action
si criminelle! » Il demeura pâle et défait;
il croyait déjà voir les ministres de la justice qui le traînaient au supplice; il ne savait quelle résolution il devait prendre....

L'aurore, qui paraissait, obligea Schehe-
-razade à mettre fin à son discours; mais
elle en reprit le fil sur la fin de la nuit
suivante, et dit au sultan des Indes :

~~~~~~~~~~~~~~~~~~~~~~~~~~~~~~

CXXV^e NUIT.

Sire, le pourvoyeur du sultan de Casgar
en frappant le bossu, n'avait pas pris garde
à sa bosse : lorsqu'il s'en aperçut, il fit des
imprécations contre lui. « Maudit bossu!
s'écria-t-il, chien de bossu! plût à Dieu
que tu m'eusses volé toutes mes graisses,
et que je ne t'eusse point trouvé ici ! je ne
serais pas dans l'embarras où je suis pour
l'amour de toi et de ta vilaine bosse! Etoiles
qui brillez aux cieux, ajouta-t-il, n'ayez
de la lumière que pour moi dans un danger si évident! » En disant ces paroles,
il chargea le bossu sur ses épaules, sortit
de sa chambre, alla jusqu'au bout de la
rue, où l'ayant posé debout et appuyé
contre une boutique, il reprit le chemin
de sa maison sans regarder derrière lui.

Quelques momens avant le jour, un
marchand chrétien qui était fort riche, et
qui fournissait au palais du Sultan la plu-
part des choses dont on y avait besoin,
après avoir passé la nuit en débauche,

s'avisa de sortir de chez lui pour aller au bain. Quoiqu'il fût ivre, il ne laissa pas de remarquer que la nuit était fort avancée, et qu'on allait bientôt appeler à la prière de la pointe du jour ; c'est pourquoi, précipitant ses pas, il se hâtait d'arriver au bain, de peur que quelque musulman, en allant à la mosquée, ne le rencontrât et ne le menât en prison comme un ivrogne. Néanmoins, quand il fut au bout de la rue, il s'arrêta pour quelque besoin contre la boutique où le pourvoyeur du Sultan avait mis le corps du bossu, lequel venant à être ébranlé, tomba sur le dos du marchand, qui, dans la pensée que c'était un voleur qui l'attaquait, le renversa par terre d'un coup de poing qu'il lui déchargea sur la tête, et lui en donna beaucoup d'autres ensuite, et se mit à crier au voleur.

Le garde du quartier vint à ses cris ; et voyant que c'était un chrétien qui maltraitait un musulman (car le bossu était de notre religion) : « Quel sujet avez-vous, lui dit-il, de maltraiter ainsi un musulman ? » « Il a voulu me voler, ré-

pondit le marchand, et il s'est jeté sur
moi pour me prendre à la gorge. » « Vous
vous êtes assez vengé, répliqua le garde
en le tirant par le bras, ôtez-vous de là.
En même temps il tendit la main au bossu
pour l'aider à se relever; mais remarquant qu'il était mort : « Oh! oh! poursuivit-il, c'est donc ainsi qu'un chrétien
a la hardiesse d'assassiner un musulman! »
En achevant ces mots, il arrêta le chrétien, et le mena chez le lieutenant de
police, où on le mit en prison jusqu'à ce
que le juge fût levé et en état d'interroger l'accusé. Cependant le marchand
chrétien prévint de son ivresse, et plus il
faisait de réflexions sur son aventure,
moins il pouvait comprendre comment
de simples coups de poing avaient été capables d'ôter la vie à un homme.

Le lieutenant de police, sur le rapport
du garde, et ayant vu le cadavre qu'on
avait apporté chez lui, interrogea le marchand chrétien, qui ne put nier un crime
qu'il n'avait pas commis. Comme le bossu
appartenait au Sultan, car c'était un de
ses bouffons, le lieutenant de police ne

voulut pas faire mourir le chrétien sans avoir auparavant appris la volonté du prince. Il alla au palais, pour cet effet, rendre compte de ce qui se passait au Sultan, qui lui dit : « Je n'ai point de grâce à accorder à un chrétien qui tue un musulman. Allez, faites votre charge. » A ces paroles, le juge de police fit dresser une potence, envoya des crieurs par la ville pour publier qu'on allait pendre un chétien qui avait tué un musulman.

Enfin, on tira le marchand de prison, on l'amena au pied de la potence ; et le bourreau, après lui avoir attaché la corde au cou, allait l'élever en l'air, lorsque le pourvoyeur du Sultan fendant la presse, s'avança en criant au bourreau : « Attendez, attendez ; ne vous pressez pas : ce n'est pas lui qui a commis le meurtre, c'est moi. » Le lieutenant de police qui assistait à l'exécution, se mit à interroger le pourvoyeur, qui lui raconta de point en point de quelle manière il avait tué le bossu, et il acheva en disant qu'il avait porté son corps à l'endroit où le marchand chrétien l'avait trouvé. « Vous

alliez, ajouta-t-il, faire mourir un innocent, puisqu'il ne peut pas avoir tué un
homme qui n'était plus en vie. C'est bien
assez pour moi d'avoir assassiné un musulman, sans charger encore ma conscience de la mort d'un chrétien qui n'est
pas criminel....

Le jour, qui commençait à paraître,
empêcha Scheherazade de poursuivre son
discours ; mais elle en reprit la suite sur
la fin de la nuit suivante.

CXXVI^e NUIT.

Sire, dit-elle, le pourvoyeur du sultan
de Casgar s'étant accusé lui-même publiquement d'être l'auteur de la mort du
bossu, le lieutenant de police ne put se
dispenser de rendre justice au marchand.
« Laisse, dit-il au bourreau, laisse aller
le chrétien, et pends cet homme à sa
place, puisqu'il est évident, par sa propre confession, qu'il est le coupable.»
Le bourreau lâcha le marchand, mit aussitôt la corde au cou du pourvoyeur ; et,
dans le temps qu'il allait l'expédier, il

entendit la voix du médecin juif, qui le priait instamment de suspendre l'exécution, et qui se faisait faire place pour se rendre au pied de la potence.

Quand il fut devant le juge de police : « Seigneur, lui dit-il, ce musulman que vous voulez faire pendre n'a pas mérité la mort; c'est moi seul qui suis criminel. Hier, pendant la nuit, un homme et une femme que je ne connais pas vinrent frapper à ma porte avec un malade qu'ils m'amenaient. Ma servante alla ouvrir sans lumière, reçut d'eux une pièce d'argent pour me venir dire de leur part de prendre la peine de descendre pour voir le malade. Pendant qu'elle me parlait, ils apportèrent le malade au haut de l'escalier, et puis disparurent. Je descendis sans attendre que ma servante eût allumé une chandelle ; et dans l'obscurité, venant à donner du pied contre le malade, je le fis rouler jusqu'au bas de l'escalier. Enfin je vis qu'il était mort, et que c'était le musulman bossu dont on veut aujourd'hui venger le trépas. Nous prîmes le cadavre, ma femme et moi ; nous le portâmes sur notre toit, d'où nous le passâmes sur celui du pourvoyeur, notre voisin, que vous alliez faire mourir injustement, et nous le descendîmes dans sa chambre par sa cheminée. Le pourvoyeur l'ayant trouvé chez lui, l'a traité comme un voleur, l'a frappé et a cru l'avoir tué; mais cela n'est pas, comme vous le voyez par ma déposition. Je suis donc le seul auteur du meurtre; et quoique je le sois contre mon intention, j'ai résolu d'expier mon crime, pour n'avoir pas à me reprocher la mort de deux musulmans, en souffrant que vous ôtiez la vie au pourvoyeur du Sultan, dont je viens vous révéler l'innocence. Renvoyez-le donc, s'il vous plaît, et me mettez à sa place, puisque personne que moi n'est cause de la mort du bossu..... »

La sultane Schéherazade fut obligée d'interrompre son récit en cet endroit, parce qu'elle remarqua qu'il était jour. Schahriar se leva, et le lendemain ayant témoigné qu'il souhaitait d'apprendre la suite de l'histoire du bossu, Scheherazade satisfit ainsi sa curiosité :

CXXVIIᵉ NUIT.

Sɪʀᴇ, dit-elle, dès que le juge de police fut persuadé que le médecin juif était le meurtrier, il ordonna au bourreau de se saisir de sa personne, et de mettre en liberté le pourvoyeur du Sultan. Le médecin avait déjà la corde au cou, et allait cesser de vivre, quand on entendit la voix du tailleur, qui priait le bourreau de ne pas passer plus avant, et qui faisait ranger le peuple pour s'avancer vers le lieutenant de police, devant lequel étant arrivé : « Seigneur, lui dit-il, peu s'en est fallu que vous n'ayez fait perdre la vie à trois personnes innocentes ; mais si vous voulez bien avoir la patience de m'entendre, vous allez connaître le véritable assassin du bossu. Si sa mort doit être expiée par une autre, c'est par la mienne. Hier, vers la fin du jour, comme je travaillais dans ma boutique, et que j'étais en humeur de me réjouir, le bossu, à demi-ivre, arriva, et s'assit. Il chanta

quelque temps, et je lui proposai de venir passer la soirée chez moi. Il y consentit, et je l'emmenai. Nous nous mîmes
à table, et je servis un morceau de poisson; en le mangeant, une arête ou un os
s'arrêta dans son gosier, et quelque chose
que nous pûmes faire, ma femme et moi,
pour le soulager, il mourut en peu de
temps. Nous fûmes fort affligés de sa
mort; et de peur d'en être repris, nous
portâmes le cadavre à la porte du médecin juif. Je frappai, et je dis à la servante
qui vint ouvrir, de remonter promptement, et de prier son maître, de notre
part, de descendre pour voir un malade
que nous lui amenions; et afin qu'il ne
refusât pas de venir, je la chargeai de lui
remettre en main propre une pièce d'argent que je lui donnai. Dès qu'elle fut remontée, je portai le bossu au haut de
l'escalier sur la première marche, et nous
sortîmes aussitôt, ma femme et moi, pour
nous retirer chez nous. Le médecin, en
voulant descendre, fit rouler le bossu;
ce qui lui a fait croire qu'il était cause de
sa mort. Puisque cela est ainsi, ajouta-

t-il, laissez aller le médecin, et faites-moi mourir. »

Le lieutenant de police et tous les spectateurs ne pouvaient assez admirer les étranges événemens dont la mort du bossu avait été suivie. « Lâche donc le médecin juif, dit le juge au bourreau; et pends le tailleur, puisqu'il confesse son crime. Il faut avouer que cette histoire est bien extraordinaire, et qu'elle mérite d'être écrite en lettres d'or. » Le bourreau ayant mis en liberté le médecin, passa une corde au cou du tailleur......

Mais, Sire, dit Scheherazade en s'interrompant en cet endroit, je vois qu'il est déjà jour; il faut, s'il vous plaît, remettre la suite de cette histoire à demain. Le sultan des Indes y consentit, et se leva pour aller à ses fonctions ordinaires.

~~~~~~

CXXVIII^e NUIT.

La Sultane ayant été réveillée par sa sœur, reprit ainsi la parole :

Sire, pendant que le bourreau se préparait à pendre le tailleur, le sultan de Casgar, qui ne pouvait se passer longtemps du bossu, son bouffon, ayant demandé à le voir, un de ses officiers lui dit : « Sire, le bossu dont Votre Majesté est en peine, après s'être enivré hier, s'échappa du palais contre sa coutume, pour aller courir par la ville, et il s'est trouvé mort ce matin. On a conduit devant le juge de police un homme accusé de l'avoir tué, et aussitôt le juge a fait dresser une potence. Comme on allait pendre l'accusé, un homme est arrivé, et après celui-là un autre, qui s'accusent eux-mêmes, et se déchargent l'un d'autre. Il y a long-temps que cela dure, et le lieutenant de police est actuellement occupé à interroger un troisième homme qui se dit le véritable assassin. »

A ce discours, le sultan de Casgar envoya un huissier au lieu du supplice : « Allez, lui dit-il, en toute diligence dire au juge de police qu'il m'amène incessamment les accusés, et qu'on m'apporte aussi le corps du pauvre bossu, que je veux voir encore une fois. » L'huissier partit, et arrivant dans le temps que le bourreau commençait à tirer la corde pour pendre le tailleur, il cria de toute sa force que l'on eût à suspendre l'exécution. Le bourreau ayant reconnu l'huissier, n'osa passer outre, et lâcha le tailleur. Après cela, l'huissier ayant joint le lieutenant de police, déclara la volonté du Sultan. Le juge obéit, prit le chemin du palais avec le tailleur, le médecin juif, le pourvoyeur et le marchand chrétien, et fit porter par quatre de ses gens le corps du bossu.

Lorsqu'ils furent tous devant le Sultan, le juge de police se prosterna aux pieds de ce prince; et quand il fut relevé, lui raconta fidélement tout ce qu'il savait de l'histoire du bossu. Le Sultan la trouva si singulière, qu'il ordonna à son historiographe particulier de l'écrire avec toutes ses circonstances; puis s'adressant à toutes les personnes qui étaient présentes : « Avez-vous jamais, leur dit-il, rien entendu de plus surprenant que ce qui vient d'arriver à l'occasion du bossu mon bouffon ? » Le marchand chrétien, après s'être prosterné jusqu'à toucher la terre de son front, prit alors la parole : « Puissant Monarque, dit-il, je sais une histoire plus étonnante que celle dont on vient de vous faire le récit ; je vais vous la raconter, si Votre Majesté veut m'en donner la permission. Les circonstances en sont telles, qu'il n'y a personne qui puisse les entendre sans en être touché. » Le Sultan lui permit de la dire, ce qu'il fit en ces termes :

HISTOIRE

QUE RACONTA LE MARCHAND CHRÉTIEN.

Sire, avant que je m'engage dans le récit que Votre Majesté consent que je lui fasse, je lui ferai remarquer, s'il lui plaît, que je n'ai pas l'honneur d'être né dans un endroit qui relève de son Empire. Je suis étranger, natif du Caire en Égypte, Cophte de nation *, et chrétien de reli-

---

* Cophte *ou* Copte : nom qu'on donne aux

gion. Mon père était courtier, et il avait amassé des biens assez considérables, qu'il me laissa en mourant. Je suivis son exemple, et embrassai sa profession. Comme j'étais un jour au Caire, dans le logement public des marchands de toutes sortes de grains, un jeune marchand très-bien fait et proprement vêtu, monté sur un âne, vint m'aborder. Il me salua, et ouvrant un mouchoir où il y avait une montre de sesame : « Combien vaut, me dit-il, la grande mesure de sesame de la qualité de celui que vous voyez ? »

Scheherazade apercevant le jour, se tut en cet endroit ; mais elle reprit son discours la nuit suivante, et dit au sultan des Indes :

CXXIX^e NUIT.

Sire, le marchand chrétien continuant de raconter au sultan de Casgar l'histoire qu'il venait de commencer :

---

chrétiens originaires d'Egypte, et qui sont de la secte des Jacobites ou des Entichéens.

J'examinai, dit-il, le sesame que le jeune marchand me montrait, et je lui répondis qu'il valait, au prix courant, cent dragmes d'argent la grande mesure. « Voyez, me dit-il, les marchands qui en voudront pour ce prix-là ; et venez jusqu'à la porte de la Victoire, où vous verrez un khan séparé de toute autre habitation : je vous attendrai là. » En disant ces paroles, il partit, et me laissa la montre de sesame, que je fis voir à plusieurs marchands de la place, qui me dirent tous qu'ils en prendraient tant que je leur en voudrais donner, à cent dix dragmes d'argent la mesure ; et à ce compte, je trouvais à gagner avec eux dix dragmes par mesure. Flatté de ce profit, je me rendis à la porte de la Victoire, où le jeune marchand m'attendait. Il me mena dans son magasin, qui était plein de sesame. Il y en avait cent cinquante grandes mesures, que je fis mesurer et charger sur des ânes, et je les vendis cinq mille dragmes d'argent. « De cette somme, me dit le jeune homme, il y a cinq cents dragmes pour votre droit, à dix par mesure, je vous les ac-

corde ; et pour ce qui est du reste qui
m'appartient, comme je n'en ai pas besoin présentement, retirez-le de vos marchands, et me le gardez jusqu'à ce que
j'aille vous le demander. » Je lui répondis
qu'il serait prêt toutes les fois qu'il voudrait le venir prendre, ou me l'envoyer
demander. Je lui baisai la main en le quittant, et me retirai fort satisfait de sa
générosité.

Je fus un mois sans le revoir : au bout
de ce temps-là, je le vis reparaître. « Où
sont, me dit-il, les quatre mille cinq cents
dragmes que vous me devez? » « Elles
sont toutes prêtes, lui répondis-je, et je
vais les compter tout à l'heure. » Comme
il était monté sur son âne, je le priai de
mettre pied à terre, et de me faire l'honneur de manger un morceau avec moi
avant que de les recevoir. « Non, me dit-
il, je ne puis descendre à présent ; j'ai
une affaire pressante qui m'appelle ici
près ; mais je vais revenir, et en repassant,
je prendrai mon argent, que je vous prie
de tenir prêt. » Il disparut en achevant
ces paroles. Je l'attendis ; mais ce fut inu-

tilement, et il ne revint qu'un mois encore après. « Voilà, dis-je en moi-même,
un jeune marchand qui a bien de la confiance en moi, de me laisser entre les mains,
sans me connaître, une somme de quatre
mille cinq cents dragmes d'argent ! Un
autre que lui n'en userait pas ainsi, et
craindrait que je ne la lui emportasse. »
Il revint à la fin du troisième mois : il
était encore monté sur son âne, mais plus
magnifiquement habillé que les autres
fois.... »

Scheherazade voyant que le jour commençait à paraître, n'en dit pas davantage cette nuit. Sur la fin de la suivante,
elle poursuivit de cette manière, en faisant toujours parler le marchand chrétien
au sultan de Casgar :

CXXX^e NUIT.

D'ABORD que j'aperçus le jeune marchand, j'allai au-devant de lui ; je le conjurai de descendre, et lui demandai s'il
ne voulait donc pas que je lui comptasse

l'argent que j'avais à lui. « Cela ne presse pas, me répondit-il d'un air gai et content. Je sais qu'il est en bonne main ; je viendrai le prendre quand j'aurai dépensé tout ce que j'ai, et qu'il ne me restera plus autre chose. Adieu, ajouta-t-il, attendez-moi à la fin de la semaine. » A ces mots, il donna un coup de fouet à son âne, et je l'eus bientôt perdu de vue. « Bon, dis-je en moi-même, il me dit de l'attendre à la fin de la semaine, et selon son discours, je ne le reverrai peut-être de long-temps. Je vais cependant faire valoir son argent ; ce sera un revenant-bon pour moi. »

Je ne me trompai pas dans ma conjecture : l'année se passa avant que j'entendisse parler du jeune homme. Au bout de l'an, il parut aussi richement vêtu que la dernière fois; mais il me semblait avoir quelque chose dans l'esprit. Je le suppliai de me faire l'honneur d'entrer chez moi. « Je le veux bien pour cette fois, me répondit-il ; mais à condition que vous ne ferez pas de dépense extraordinaire pour moi. » « Je ne ferai que ce qui vous plaira,

repris-je : descendez donc, de grâce. » Il
mit pied à terre, et entra chez moi. Je
donnai des ordres pour le régal que je
voulais lui faire ; et en attendant qu'on
servît, nous commençâmes à nous entretenir. Quand le repas fut prêt, nous nous
assîmes à table. Dès le premier morceau,
je remarquai qu'il le prit de la main gauche, et je fus étonné de voir qu'il ne se
servait nullement de la droite. Je ne savais ce que j'en devais penser. « Depuis
que je connais ce marchand, disais-je en
moi - même, il m'a toujours paru très-
poli ; serait-il possible qu'il en usât ainsi
par mépris pour moi ? Par quelle raison
ne se sert-il pas de sa main droite ? »

Le jour, qui éclairait l'appartement du
sultan des Indes, ne permit pas à Schéherazade de continuer cette histoire ;
mais elle en reprit la suite le lendemain,
et dit à Schahriar :

~~~~~~

CXXXIe NUIT.

Sire, le marchand chrétien était fort en
peine de savoir pourquoi son hôte ne man-

geait que de la main gauche. « Après le
repas, dit-il, lorsque mes gens eurent
desservi et se furent retirés, nous nous
assîmes tous deux sur un sofa. Je présentai au jeune homme d'une tablette excellente pour la bonne bouche, et il la
prit encore de la main gauche. « Seigneur,
lui dis-je alors, je vous supplie de me
pardonner la liberté que je prends de
vous demander d'où vient que vous ne
vous servez pas de votre main droite :
vous y avez mal apparemment ? » Il fit
un grand soupir, au lieu de me répondre;
et tirant son bras droit qu'il avait tenu
caché jusqu'alors sous sa robe, il me montra qu'il avait la main coupée, de quoi je
fus extrêmement étonné. « Vous avez été
choqué, sans doute, me dit-il, de me
voir manger de la main gauche; mais
jugez si j'ai pu faire autrement. » « Peut-
on vous demander, repris-je, par quel
malheur vous avez perdu votre main
droite? « Il versa des larmes à cette demande; et après les avoir essuyées, il me
conta son histoire comme je vais vous la
raconter.

Vous saurez, me dit-il, que je suis natif de Bagdad, fils d'un père riche, et des plus distingués de la ville par sa qualité et par son rang. A peine étais-je entré dans le monde, que fréquentant des personnes qui avaient voyagé, et qui disaient des merveilles de l'Egypte, et particulièrement du grand Caire, je fus frappé de leurs discours, et j'eus envie d'y faire un voyage ; mais mon père vivait encore, et il ne m'en aurait pas donné la permission. Il mourut enfin, et sa mort me laissant maître de mes actions, je résolus d'aller au Caire. J'employai une très-grosse somme d'argent en plusieurs sortes d'étoffes fines de Bagdad et de Moussol, et je me mis en chemin.

En arrivant au Caire, j'allai descendre au khan qu'on appelle le khan de Mesrour ; j'y pris un logement avec un magasin, dans lequel je fis mettre les ballots que j'avais apportés avec moi sur des chameaux. Cela fait, j'entrai dans ma chambre pour me reposer et me remettre de la fatigue du chemin, pendant que mes gens, à qui j'avais donné de l'argent, allèrent

acheter des vivres, et firent la cuisine.
Après le repas, j'allai voir le château,
quelques mosquées, les places publiques et d'autres endroits qui méritaient
d'être vus.

Le lendemain, je m'habillai proprement, et après avoir fait tirer de quelques-
uns de mes ballots de très-belles et très-
riches étoffes, dans l'intention de les porter à un bezestein *, pour voir ce qu'on
en offrirait, j'en chargeai quelques-uns
de mes esclaves, et me rendis au bezestein des Circassiens. J'y fus bientôt environné d'une foule de courtiers et de
crieurs qui avaient été avertis de mon
arrivée. Je partageai des essais d'étoffes
entre plusieurs crieurs qui les allèrent
crier et faire voir dans tout le bezestein;
mais tous les marchands en offrirent beaucoup moins que ce qu'elles me coûtaient
d'achat et de frais de voitures. Cela me
fâcha; et comme j'en marquais mon ressentiment aux crieurs : « Si vous voulez

---

* Lieu public où se vendent des étoffes de
soie et autres marchandises précieuses.

nous en croire, me dirent-ils, nous vous enseignerons un moyen de ne rien perdre sur vos étoffes.... »

En cet endroit, Scheherazade s'arrêta, parce qu'elle vit paraître le jour. La nuit suivante, elle reprit son discours de cette manière :

~~~~~~~~~~~~~~~~~~~~~~~~~~~~~~~~~~~~~~~

CXXXIIᵉ NUIT.

LE marchand chrétien parlant toujours au sultan de Casgar :

Les courtiers et les crieurs, me dit le jeune homme, m'ayant promis de m'enseigner le moyen de ne pas perdre sur mes marchandises, je leur demandai ce qu'il fallait faire pour cela. « Les distribuer à plusieurs marchands, repartirent-ils : ils les vendront en détail ; et deux fois la semaine, le lundi et le jeudi, vous irez recevoir l'argent qu'ils en auront fait. Par-là vous gagnerez au lieu de perdre, et les marchands gagneront aussi quelque chose. Cependant vous aurez la liberté de

vous divertir et de vous promener dans
la ville et sur le Nil. »

Je suivis leur conseil : je les menai avec
moi à mon magasin, d'où je tirai toutes
mes marchandises ; et retournant au bezestein, je les distribuai à différens marchands qu'ils m'avaient indiqués comme
les plus solvables, et qui me donnèrent
un reçu en bonne forme, signé par des témoins, sous la condition que je ne leur
demanderais rien le premier mois.

Mes affaires ainsi disposées, je n'eus
plus l'esprit occupé d'autres choses que
de plaisirs. Je contractai amitié avec di-
verses personnes à peu près de mon âge,
qui avaient soin de me bien faire passer
mon temps. Le premier mois s'étant
écoulé, je commençai à voir mes marchands deux fois la semaine, accompagné
d'un officier public pour examiner leurs
livres de vente, et d'un changeur pour
régler la bonté et la valeur des espèces
qu'ils me comptaient. Ainsi, les jours de
recette, quand je me retirais au khan de
Mesrour, où j'étais logé, j'emportais une
bonne somme d'argent. Cela n'empêchait

pas que les autres jours de la semaine , je n'allasse passer la matinée tantôt chez un marchand , et tantôt chez un autre ; je me divertissais à m'entretenir avec eux , et à voir ce qui se passait dans le bezestein.

Un lundi que j'étais assis dans la boutique d'un de ces marchands, qui se nommait Bedreddin, une dame de condition, comme il était aisé de le connaître à son air, à son habillement, et par une esclave fort proprement mise qui la suivait, entra dans la boutique, et s'assit près de moi. Cet extérieur, joint à une grâce naturelle qui paraissait en tout ce qu'elle faisait, me prévint en sa faveur, et me donna une grande envie de la mieux connaître que je ne faisais. Je ne sais si elle ne s'aperçut pas que je prenais plaisir à la regarder, et si mon attention ne lui plaisait point ; mais elle haussa le crêpon qui lui descendait sur le visage par-dessus la mousseline qui le cachait, et me laissa voir de grands yeux noirs dont je fus charmé. Enfin elle acheva de me rendre très-amoureux d'elle par le son agréable de sa voix et par ses manières honnêtes et gracieuses, lorsqu'en

saluant le marchand, elle lui demanda
des nouvelles de sa santé, depuis le temps
qu'elle ne l'avait vu.

Après s'être entretenue quelque temps
avec lui de choses indifférentes, elle lui
dit qu'elle cherchait une certaine étoffe à
fond d'or; qu'elle venait à sa boutique
comme à celle qui était la mieux assortie
de tout le bezestein, et que s'il en avait,
il lui ferait un grand plaisir de lui en
montrer. Bedreddin lui en montra plusieurs pièces, à l'une desquelles s'étant
arrêtée, et lui en ayant demandé le prix, il
la lui laissa à onze cents dragmes d'argent.
« Je consens à vous en donner cette somme, lui dit-elle; je n'ai pas d'argent sur
moi; mais j'espère que vous voudrez bien
me faire crédit jusqu'à demain, et me
permettre d'emporter l'étoffe : je ne manquerai pas de vous envoyer demain les
onze cents dragmes dont nous convenons
pour elle. » « Madame, lui répondit Beddreddin, je vous ferais crédit avec plaisir,
et vous laisserais emporter l'étoffe si elle
m'appartenait; mais elle appartient à cet
honnête jeune homme que vous voyez; et

c'est aujourd'hui que je dois lui en comp‑
ter l'argent. » «Hé! d'où vient, reprit la
dame, fort étonnée, que vous en usez de
cette sorte avec moi? N'ai‑je pas cou‑
tume de venir à votre boutique? Et toutes
les fois que j'ai acheté des étoffes, et que
vous avez bien voulu que je les aie em‑
portées sans les payer à l'instant, ai‑je
jamais manqué de vous envoyer de l'ar‑
gent dès le lendemain? » Le marchand
en demeura d'accord. « Il est vrai, Ma‑
dame, repartit‑il; mais j'ai besoin d'ar‑
gent aujourd'hui. » « Hé bien, voilà votre
étoffe! dit‑elle en la lui jetant. Que Dieu
vous confonde, vous et tout ce qu'il y a
de marchands! Vous êtes tous faits les
uns comme les autres : vous n'avez aucun
égard pour personne. » En achevant ces
paroles, elle se leva brusquement, et sor‑
tit fort irritée contre Bedreddin.....

Là, Scheherazade voyant que le jour
paraissait, cessa de parler. La nuit sui‑
vante, elle continua de cette manière :

CXXXIIIe NUIT.

LE marchand chrétien poursuivant son histoire : « Quand je vis, me dit le jeune homme, que la dame se retirait, je sentis bien que mon cœur s'intéressait pour elle ; je la rappelai : « Madame, lui dis-je, faites-moi la grâce de revenir ; peut - être trouverai - je moyen de vous contenter l'un et l'autre. » Elle revint, en me disant que c'était pour l'amour de moi. « Seigneur Bedreddin, dis - je alors au marchand, combien dites-vous que vous voulez vendre cette étoffe qui m'appartient ?» « Onze cents dragmes d'argent, répondit-il ; je ne puis la donner à moins. » « Livrez-la donc à cette dame, repris-je, et qu'elle l'emporte. Je vous donne cent dragmes de profit, et je vais vous faire un billet de la somme à prendre sur les autres marchandises que vous avez. » Effectivement je fis le billet, le signai, et le mis entre les mains de Bedreddin. Ensuite, présentant l'étoffe à la dame, je lui dis : « Vous pouvez l'emporter, Madame ; et quant à l'argent, vous me l'enverrez demain ou un autre jour, ou bien je vous fais présent de l'étoffe, si vous voulez. » « Ce n'est pas comme je l'entends, reprit-elle. Vous en usez avec moi d'une manière si honnête et si obligeante, que je serais indigné de paraître devant les hommes, si je ne vous en témoignais pas de la reconnaissance. Que Dieu, pour vous en récompenser, augmente vos biens, vous fasse vivre long-temps après moi, vous ouvre la porte des cieux à votre mort, et que toute la ville publie votre générosité ! »

Ces paroles me donnèrent de la hardiesse. « Madame, lui dis-je, laissez-moi voir votre visage pour prix de vous avoir fait ce plaisir ; ce sera me payer avec usure. » A ces mots, elle se tourna de mon côté, ôta la mousseline qui lui couvrait le visage, et offrit à mes yeux une beauté surprenante. J'en fus tellement frappé, que je ne pus lui rien dire pour lui exprimer ce que j'en pensais. Je ne me serais jamais lassé de la regarder ; mais elle se recouvrit promptement le visage, de peur qu'on ne l'aperçût; et après avoir abaissé le crêpon, elle prit la pièce d'étoffe, et s'éloigna de la boutique, où elle me laissa dans un état bien différent de celui où j'étais en y arrivant. Je demeurai long-temps dans un trouble et dans un désordre étrange. Avant de quitter le marchand, je lui demandai s'il connaissait la dame. « Oui, me répondit-il; elle est la fille d'un émir qui lui a laissé en mourant des biens immenses. »

Quand je fus de retour au khan de Mesrour, mes gens me servirent à souper; mais il me fut impossible de manger. Je ne pus même fermer l'œil de toute la nuit, qui me parut la plus longue de ma vie. Dès qu'il fut jour, je me levai dans l'espérance de revoir l'objet qui troublait mon repos; et, dans le dessein de lui plaire, je m'habillai plus proprement encore que le jour précédent. Je retournai à la boutique de Bedreddin.....

Mais, Sire, dit Scheherazade, le jour que je vois paraître m'empêche de continuer mon récit. » Après avoir dit ces paroles, elle se tut; et la nuit suivante, elle reprit sa narration dans ces termes :

~~~~~~

CXXXIV^e NUIT.

Sire, le jeune homme de Bagdad racontant ses aventures au marchand chrétien :

Il n'y avait pas long-temps, dit-il, que j'étais arrivé à la boutique de Bédreddin, lorsque je vis venir la dame, suivie de son esclave, et plus magnifiquement vêtue que le jour d'auparavant. Elle ne regarda pas le marchand; et s'adressant à moi seul : « Seigneur, me dit-elle, vous voyez que je suis exacte à tenir la parole que je vous donnai hier. Je viens exprès pour vous apporter la somme dont vous voulûtes bien répondre pour moi sans me connaître, par une générosité que je n'oublierai jamais. » « Madame, lui répondis-je, il n'était pas besoin de vous presser si fort : j'étais sans inquiétude sur mon argent, et je suis fâché de la peine que vous avez prise. » « Il n'était pas juste, reprit-elle, que j'abusasse de votre honnêteté. »

En disant cela, elle me mit l'argent entre les mains, et s'assit près de moi.

Alors, profitant de l'occasion que j'avais de l'entretenir, je lui parlai de l'amour que je sentais pour elle ; mais elle se leva et me quitta brusquement, comme si elle eût été fort offensée de la déclaration que je venais de lui faire. Je la suivis des yeux tant que je la pus voir ; et dès que je ne la vis plus, je pris congé du marchand, et je sortis du bezestein sans savoir où j'allais. Je rêvais à cette aventure, lorsque je sentis qu'on me tirait par-derrière. Je me tournai aussitôt pour voir ce que ce pouvait être, et je reconnus avec plaisir l'esclave de la dame dont j'avais l'esprit occupé. « Ma maîtresse, me dit-elle, qui est cette jeune personne à qui vous venez de parler dans la boutique d'un marchand, voudrait bien vous dire un mot: prenez, s'il vous plaît, la peine de me suivre. » Je la suivis, et je trouvai en effet sa maîtresse qui m'attendait dans la boutique d'un changeur, où elle était assise.

Elle me fit asseoir auprès d'elle ; et prenant la parole : « Mon cher Seigneur, me dit-elle, ne soyez pas surpris que je vous aie quitté un peu brusquement; je n'ai pas jugé à propos, devant ce marchand, de répondre favorablement à l'aveu que vous m'avez fait des sentimens que je vous ai inspirés. Mais bien loin de m'en offenser, je confesse que je prenais plaisir à vous entendre, et je m'estime infiniment heureuse d'avoir pour amant un homme de votre mérite. Je ne sais quelle impression ma vue a pu faire d'abord sur vous; mais pour moi, je puis vous assurer qu'en vous voyant, je me suis sentie de l'inclination pour vous. Depuis hier, je n'ai fait que penser aux choses que vous me dites, et mon empressement à vous venir chercher si matin, doit bien vous prouver que vous ne me déplaisez pas. » Madame, repris-je, transporté d'amour et de joie, je ne pouvais rien entendre de plus agréable que ce que vous avez la bonté de me dire. On ne saurait aimer avec plus de passion que je vous aime depuis l'heureux moment que vous parûtes à mes yeux; ils furent éblouis de tant de charmes, et mon cœur se rendit sans résistance. » « Ne perdons pas le temps en discours inutiles, interrompit-elle : je ne doute pas de votre sincérité, et vous serez bientôt persuadé de la mienne. Voulez-vous me faire l'honneur de venir chez moi, ou si vous souhaitez que j'aille chez vous ? » « Madame, lui répondis-je, je suis un étranger logé dans un khan, qui n'est pas un lieu propre à recevoir une dame de votre rang et de votre mérite. »

Scheherazade allait poursuivre ; mais elle fut obligée d'interrompre son discours, parce que le jour paraissait. Le lendemain, elle continua de cette sorte, en faisant toujours parler le jeune homme de Bagdad :

CXXXVᵉ NUIT.

IL est plus à propos, Madame, poursuivit-il, que vous ayez la bonté de m'enseigner votre demeure : j'aurai l'honneur de vous aller voir chez vous. La dame y consentit. « Il est, dit-elle, vendredi après demain : venez ce our-là, après la prière du midi. Je demeure dans la rue de la Dévotion. Vous n'avez qu'à demander la maison d'Abon Schamma, surnommé Bercour, autrefois chef des émirs; vous me trouverez là. » A ces mots, nous nous séparâmes, et je passai le lendemain dans une grande impatience.

Le vendredi, je me levai de bon matin; je pris le plus bel habit que j'eusse, avec une bourse où je mis cinquante pièces d'or; et monté sur un âne, que j'avais retenu dès le jour précédent, je partis accompagné de l'homme qui me l'avait loué. Quand nous fûmes arrivés dans la rue de la Dévotion, je dis au maître de l'âne de demander où était la maison que je cherchais; on la lui enseigna, et il m'y mena. Je descendis à la porte; je le payai bien et le renvoyai, en lui recommandant de bien remarquer la maison où il me laissait, et de ne pas manquer de m'y venir prendre le lendemain matin, pour me remener au khan de Mesrour.

Je frappai à la porte, et aussitôt deux petites esclaves, blanches comme la neige, et très-proprement habillées, vinrent ou-

vrir. « Entrez , s'il vous plaît , me dirent-
elles ; notre maîtresse vous attend impatiemment. Il y a deux jours qu'elle ne cesse
de parler de vous. » J'entrai dans la cour , et
vis un grand pavillon élevé sur sept mar-
ches, entouré d'une grille qui le séparait
d'un jardin d'une beauté admirable. Outre
les arbres qui ne servaient qu'à l'embellir
et qu'à former de l'ombre , il y en avait
une infinité d'autres chargés de toutes sortes de fruits. Je fus charmé du ramage d'un
grand nombre d'oiseaux qui mêlaient leurs
chants au murmure d'un jet d'eau d'une
hauteur prodigieuse , qu'on voyait au
milieu d'un parterre émaillé de fleurs.
D'ailleurs , ce jet d'eau était très-agréable
à voir : quatre dragons dorés paraissaient
aux angles du bassin qui était en carré ,
et ces dragons jetaient de l'eau en abondance , mais de l'eau plus claire que le
cristal de roche. Ce lieu plein de délices me
donna une haute idée de la conquête que
j'avais faite. Les deux petites esclaves me
firent entrer dans un salon magnifiquement
meublé ; et pendant que l'une courut avertir sa maîtresse de mon arrivée , l'autre

demeura avec moi, et me fit remarquer toutes les beautés du salon.....

En achevant ces derniers mots, Schehe-razade cessa de parler, à cause qu'elle vit paraître le jour. Schahriar se leva, fort curieux d'apprendre ce que ferait le jeune homme de Bagdad dans le salon de la dame du Caire. La Sultane contenta le lende-main la curiosité de ce prince, en repre-nant ainsi cette histoire :

CXXXVIᵉ NUIT.

Sire, le marchand chrétien continuant de parler au Sultan de Casgar, poursuivit de cette manière :

Je n'attendis pas long-temps dans le salon, me dit le jeune homme ; la dame que j'aimais y arriva bientôt, fort parée de perles et de diamans ; mais plus bril-lante encore par l'éclat de ses yeux que par celui de ses pierreries. Sa taille, qui n'était plus cachée par son habillement de ville, me parut la plus fine et la plus avanta-geuse du monde. Je ne vous parlerai point

de la joie que nous eûmès de nous revoir ;
car c'est une chose que je ne pourrais que
faiblement exprimer. Je vous dirai seulement qu'après les premiers complimens ,
nous nous assîmes tous deux sur un sofa ,
où nous nous entretînmes avec toute la
satisfaction imaginable. On nous servit
ensuite les mets les plus délicats et les
plus exquis. Nous nous mîmes à table ,
et après le repas , nous recommençâ-
mes à nous entretetenir jusqu'à la nuit.
Alors on nous apporta d'éxcellent vin et
des fruits propres à exciter à boire , et
nous bûmes au son des instrumens, que
les esclaves accompagnèrent de leurs voix.
La dame du logis chanta elle-même , et
acheva, par ses chansons , de m'attendrir
et de me rendre le plus passionné de tous
les amans. Enfin je passai la nuit à goûter
toutes sortes de plaisirs.

Le lendemain matin , après avoir mis
adroitement sous le chevet du lit la bourse
et les cinquante pièces d'or que j'avais
apportées , je dis adieu à la dame , qui
me demanda quand je la reverrais. « Madame, lui répondis-je , je vous promets

de revenir ce soir. » Elle parut ravie de ma réponse, me conduisit jusqu'à la porte ; et en nous séparant, elle me conjura de tenir ma promesse.

Le même homme qui m'avait amené m'attendait avec son âne. Je montai dessus et revins au khan de Mesrour. En renvoyant l'homme je ne le payai pas, afin qu'il me vînt reprendre l'après-dîner à l'heure que je lui marquai.

D'abord que je fus de retour dans mon logement, mon premier soin fut de faire acheter un bon agneau et plusieurs sortes de gâteaux que j'envoyai à la dame par un porteur. Je m'occupai ensuite d'affaires sérieuses, jusqu'à ce que le maître de l'âne fût arrivé. Alors je partis avec lui, et me rendis chez la dame, qui me reçut avec autant de joie que le jour précédent, et me fit un régal aussi magnifique que le premier.

En la quittant le lendemain, je lui laissai encore une bourse de cinquante pièces d'or, et je revins au khan de Mesrour...

A ces mots, Scheherazade ayant aperçu

le jour, en avertit le sultan des Indes, qui se leva sans lui rien dire. Sur la fin de la nuit suivante, elle reprit ainsi la suite de l'histoire commencée :

CXXXVII^e NUIT.

Le marchand chrétien parlant toujours au Sultan de Casgar : « Le jeune homme de Bagdad, dit-il, poursuivit son histoire dans ces termes : » Je continuai de voir la dame tous les jours, et de lui laisser chaque fois une bourse de cinquante pièces d'or ; et cela dura jusqu'à ce que les marchands à qui j'avais donné mes marchandises à vendre, et que je voyais régulièrement deux fois la semaine, ne me durent plus rien. Enfin, je me trouvai sans argent et sans espérance d'en avoir.

Dans cet état affreux, et prêt à m'abandonner à mon désespoir, je sortis du khan sans savoir ce que je faisais, et m'en allai du côté du château, où il y avait un grand nombre de peuple assemblé pour

voir un spectacle que donnait le sultan
d'Egypte. Lorsque je fus arrivé dans le lieu
où était tout ce monde, je me mêlai parmi
la foule, et me trouvai par hasard près
d'un cavalier bien monté et fort proprement habillé, qui avait à l'arçon de sa
selle un sac à demi ouvert, d'où sortait un
cordon de soie verte. En mettant la main
sur le sac, je jugeai que le cordon devait
être celui d'une bourse qui était dedans.
Pendant que je faisais ce jugement, il
passa de l'autre côté du cavalier un porteur chargé de bois, et il passa si près,
que le cavalier fut obligé de se tourner
vers lui pour empêcher que le bois ne
touchât et ne déchirât son habit. En ce
moment, le démon me tenta : je pris le
cordon d'une main, et m'aidant de l'autre
à élargir le sac, je tirai la bourse sans que
personne s'en aperçût. Elle était pesante,
et je ne doutai point qu'il n'y eût dedans
de l'or ou de l'argent.

Quand le porteur fut passé, le cavalier, qui avait apparemment quelque soupçon de ce que javais fait pendant qu'il
avait eu la tête tournée, mit aussitôt la

main dans son sac, et n'y trouvant pas
sa bourse, me donna un si grand coup de
sa hache d'armes, qu'il me renversa par
terre. Tous ceux qui furent témoins de
cette violence en furent touchés, et quelques-uns mirent la main sur la bride du
cheval pour arrêter le cavalier, et lui
demander pour quel sujet il m'avait frappé, s'il lui était permis de maltraiter ainsi
un musulman. « De quoi vous mêlez-vous ?
leur répondit-il d'un ton brusque ; je ne
l'ai pas fait sans raison : c'est un voleur. »
A ces paroles, je me relevai ; et à mon
air, chacun prenant mon parti, s'écria
qu'il était un menteur ; qu'il n'était pas
croyable qu'un jeune homme tel que moi
eût commis la méchante action qu'il m'im-
putait. Enfin ils soutenaient que j'étais
innocent ; et tandis qu'ils retenaient son
cheval pour favoriser mon évasion, par
malheur pour moi, le lieutenant de police,
suivi de ses gens, passa par là ; voyant
tant de monde assemblé autour du cavalier et de moi, il s'approcha, et demanda
ce qui était arrivé. Il n'y eut personne
qui n'accusât le cavalier de m'avoir mal-

3. 18

traité injustement, sous prétexte de l'avoir volé.

Le lieutenant de police ne s'arrêta pas à tout ce qu'on lui disait; il demanda au cavalier s'il ne soupçonnait pas quelque autre que moi de l'avoir volé. Le cavalier répondit que non, et lui dit les raisons qu'il avait de croire qu'il ne se trompait pas dans ses soupçons. Le lieutenant de police, après l'avoir écouté, ordonna à ses gens de m'arrêter et de me fouiller; ce qu'ils se mirent en devoir d'exécuter aussitôt; et l'un d'entre eux m'ayant ôté la bourse, la montra publiquement. Je ne pus soutenir cette honte; j'en tombai évanoui. Le lieutenant de police se fit apporter la bourse...

Mais, Sire, voilà le jour, dit Scheherazade en se reprenant. Si Votre Majesté veut bien encore me laisser vivre jusqu'à demain, elle entendra la suite de l'histoire. » Schahriar, qui n'avait pas un autre dessein, se leva sans lui répondre, et alla remplir ses devoirs.

~~~~~~

CXXXVIII^e NUIT.

Sur la fin de la nuit suivante, la Sultane adressa ainsi la parole à Schahriar : Sire, le jeune homme de Bagdad poursuivant son histoire :

Lorsque le lieutenant de police, dit-il, eut la bourse entre les mains, il demanda au cavalier si elle était à lui, et combien il y avait mis d'argent. Le cavalier la reconnut pour celle qui lui avait été prise, et assura qu'il y avait dedans vingt sequins. Le juge l'ouvrit, et après y avoir effectivement trouvé vingt sequins, il la lui rendit. Aussitôt il me fit venir devant lui : « Jeune homme, me dit-il, avouez-moi la vérité : est-ce vous qui avez pris la bourse de ce cavalier ? N'attendez pas que j'emploie les tourmens pour vous le faire confesser. » Alors baissant les yeux, je dis en moi-même : « Si je nie le fait, la bourse dont on m'a trouvé saisi me fera passer pour un menteur. » Ainsi, pour éviter un double châtiment, je levai la tête, et confessai que c'était moi. Je n'eus pas plutôt fait cet aveu, que le lieutenant de police, après avoir pris des témoins, commanda qu'on me coupât la main. La sentence fut exécutée sur-le-champ ; ce qui excita la pitié de tous les spectateurs : je remarquai même sur le visage du cavalier, qu'il n'en était pas moins touché que les autres. Le lieutenant de police voulait encore me faire couper un pied ; mais je suppliai le cavalier de demander ma grâce ; il la demanda, et l'obtint.

Lorsque le juge eut passé son chemin, le cavalier s'approcha de moi. « Je vois bien, me dit-il en me présentant la bourse, que c'est la nécessité qui vous a fait faire une action si honteuse et si indigne d'un jeune homme aussi bien fait que vous ; mais tenez, voilà cette bourse fatale, je vous la donne, et je suis très-fâché du malheur qui vous est arrivé. » En achevant ces paroles, il me quitta ; et comme j'étais très-faible à cause du sang que j'avais perdu, quelques honnêtes gens du quartier eurent la charité de me faire entrer chez eux, et de me faire boire un verre vin. Ils pansèrent aussi mon bras, et mirent ma main dans un linge, que j'emportai avec moi attachée à ma ceinture.

Quand je serais retourné au khan de Zégezrour dans ce triste état, je n'y aurais pas trouvé le secours dont j'avais besoin. C'était aussi hasarder beaucoup que d'aller me présenter à la jeune dame. « Elle ne voudra peut-être plus me voir, dis-je, lorsqu'elle aura appris mon infamie. Je ne laissai pas néanmoins de prendre ce parti; et afin que le monde qui me suivait se lassât de m'accompagner, je marchai par plusieurs rues détournées, et me rendis enfin chez la dame, où j'arrivai si faible et si fatigué, que je me jetai sur le sofa, le bras droit sous ma robe; car je me gardai bien de le faire voir.

Cependant la dame, avertie de mon arrivée et du mal que je souffrais, vint avec empressement; et me voyant pâle et défait : « Ma chère ame, me dit-elle, qu'avez-vous donc ? » Je dissimulai. « Madame, lui répondis-je, c'est un grand mal de tête qui me tourmente. » Elle en parut très-affligée. « Asseyez-vous, reprit-elle (car je m'étais levé pour la recevoir); dites-moi comment cela vous est venu. Vous vous portiez si bien la dernière fois que j'eus le plaisir de vous voir ! Il y a quelqu'autre chose que vous me cachez : apprenez-moi ce que c'est. » Comme je gardais le silence, et qu'au lieu de répondre, les larmes coulaient de mes yeux : « Je ne comprends pas, dit-elle, ce qui peut vous affliger; vous en aurais-je donné quelque sujet sans y penser ? Et venez-vous ici exprès pour m'annoncer que vous ne m'aimez plus? » « Ce n'est point cela, Madame, lui repartis-je en soupirant, et un soupçon si injuste augmente encore mon malheur.

Je ne pouvais me résoudre à lui en déclarer la véritable cause. La nuit étant venue, on servit le souper : elle me pria de manger ; mais ne pouvant me servir que de la main gauche, je la suppliai de m'en dispenser, m'excusant sur ce que je n'avais nul appétit. « Vous en aurez, me dit-elle, quand vous m'aurez découvert ce que vous me cachez avec tant d'opiniâtreté. Votre dégoût, sans doute, ne vient que de la peine que vous avez à vous y déterminer. « Hélas! Madame, repris-je, il faudra bien enfin que je m'y détermine. » « Je n'eus pas prononcé ces paroles, qu'elle me versa à boire ; et me présentant la tasse : « Prenez, dit-elle, et buvez, cela vous donnera du courage. » J'avançai donc la main gauche, et pris la tasse.

A ces mots, Scheherazade apercevant le jour, cessa de parler ; mais la nuit suivante, elle poursuivit son discours de cette manière :

CXXXIXᵉ NUIT.

Lorsque j'eus la tasse à la main, dit le jeune homme, je redoublai mes pleurs et poussai de nouveaux soupirs. « Qu'avez-vous donc à soupirer et à pleurer si amèrement ? me dit alors la dame ; et pourquoi prenez-vous la tasse de la main gauche plutôt que de la droite ? » « Ah! Madame, lui répondis-je, excusez-moi, je vous en conjure : c'est que j'ai une tumeur à la main droite. « « Montrez-moi cette tumeur, répliqua-t-elle, je la veux percer. » Je m'en

excusai, en disant qu'elle n'était pas encore
en état de l'être, et je vidai toute la tasse,
qui était très-grande. Les vapeurs du vin,
ma lassitude et l'abattement où j'étais,
m'eurent bientôt assoupi, et je dormis
d'un profond sommeil, qui dura jusqu'au
lendemain.

Pendant ce temps-là, la dame voulant
savoir quel mal j'avais à la main droite,
leva ma robe qui la cachait, et vit avec
tout l'étonnement que vous pouvez penser,
qu'elle était coupée, et que je l'avais apportée dans un linge. Elle comprit d'abord
sans peine pourquoi j'avais tant résisté aux
pressantes instances qu'elle m'avait faites,
et elle passa la nuit à s'affliger de ma disgrâce, ne doutant pas qu'elle ne me fût arrivée pour l'amour d'elle.

A mon réveil, je remarquai fort bien
sur son visage qu'elle était saisie d'une vive
douleur. Néanmoins, pour ne me pas cha-
griner, elle ne me parla de rien ; elle me
fit servir un consommé de volaille qu'on
m'avait préparé par son ordre ; me fit
manger et boire, pour me donner, disait-
elle, les forces dont j'avais besoin. Après

cela, je voulus prendre congé d'elle; mais me retenant par ma robe : « Je ne souffrirai pas, dit-elle, que vous sortiez d'ici. Quoique vous ne m'en disiez rien, je suis persuadée que je suis la cause du malheur que vous vous êtes attiré. La douleur que j'en ai ne me laissera pas vivre long-temps; mais avant que je meure, il faut que j'exécute un dessein que je médite en votre faveur. »

En disant cela, elle fit appeler un officier de justice et des témoins, et me fit dresser une donation de tous ses biens. Après qu'elle eut renvoyé tous ces gens satisfaits de leurs peines, elle ouvrit un grand coffre où étaient toutes les bourses, dont je lui avais fait présent depuis le commencement de nos amours. « Elle sont toutes entières, me dit-elle, je n'ai pas touché à une seule : tenez, voilà la clef du coffre ; vous en êtes le maître. » Je la remerciai de sa générosité et de sa bonté. « Je compte pour rien, reprit-elle, ce que je viens de faire pour vous, et je ne serai pas contente que je ne meure encore, pour vous témoigner combien je vous aime. » Je la conjurai par tout ce que l'amour a de plus puissant, d'abandonner une résolution si funeste ; mais je ne pus l'en détourner ; et le chagrin de me voir manchot, lui causa une maladie de cinq ou six semaines, dont elle mourut.

Après avoir regretté sa mort autant que je le devais, je me mis en possession de tous ses biens, qu'elle m'avait fait connaître ; et le sésame que vous avez pris la peine de vendre pour moi en faisait une partie.....

Scheherazade voulait continuer sa narration ; mais le jour, qui paraissait, l'en empêcha. La nuit suivante, elle reprit ainsi le fil de son discours :

CXL^e NUIT.

Le jeune homme de Bagdad acheva de raconter son histoire de cette sorte au marchand chrétien : Ce que vous venez d'entendre, poursuivit-il, doit m'excuser auprès de vous d'avoir mangé de la main gauche ; je vous suis fort obligé de la peine que vous vous êtes donnée pour moi. Je ne puis assez reconnaître votre fidélité ; et

comme j'ai, Dieu merci, assez de bien,
quoique j'en ai dépensé beaucoup, je vous
prie de vouloir accepter le présent que je
vous fais de la somme que vous me devez.
Outre cela, j'ai une proposition à vous faire.
Ne pouvant plus demeurer davantage au
Caire, après l'affaire que je viens de vous
conter, je suis résolu d'en partir pour n'y
revenir jamais. Si vous voulez me tenir
compagnie, nous négocierons ensemble,
et nous partagerons également le gain que
nous ferons. »

Quand le jeune homme de Bagdad eut
achevé son histoire, dit le marchand chrétien, je le remerciai le mieux qu'il me fut
possible du présent qu'il me faisait, et
quant à sa proposition de voyager avec
lui, je lui dis que je l'acceptais très-volontiers, en l'assurant que ses intérêts
me seraient toujours aussi chers que les
miens.

Nous prîmes jour pour notre départ,
et lorsqu'il fut arrivé, nous nous mîmes
en chemin. Nous avons passé par la Syrie
et par la Mésopotamie, traversé toute la
Perse, où, après nous être arrêtés dans

plusieurs villes, nous sommes enfin venus,
Sire, jusqu'à votre capitale. Au bout de
quelque temps, le jeune homme m'ayant
témoigné qu'il avait dessein de repasser
dans la Perse, et de s'y établir, nous fîmes nos comptes, et nous nous séparâmes
très-satisfaits l'un de l'autre. Il partit; et
moi, Sire, je suis resté dans cette ville,
où j'ai l'honneur d'être au service de
Votre Majesté. Voilà l'histoire que j'a-
vais à vous conter : ne la trouvez-vous
pas plus surprenante que celle du bossu?»

Le sultan de Casgar se mit en colère
contre le marchand chrétien : « Tu es
bien hardi, lui dit-il, d'oser me faire le
récit d'une histoire si peu digne de mon
attention, et de la comparer à celle du
bossu! Peux-tu te flatter de me persuader
que les fades aventures d'un jeune dé-
bauché, sont plus admirables que celles
de mon bouffon? Je vais vous faire pendre tous quatre, pour venger sa mort.

A ces paroles, le pourvoyeur, effrayé,
se jeta aux pieds du Sultan : « Sire, dit-il,
je supplie Votre Majesté de suspendre
sa juste colère, de m'écouter et de nous

faire grâce à tous quatre, si l'histoire que
je vais conter à Votre Majesté est plus
belle que celle du bossu. » « Je t'accorde
ce que tu me demandes, répondit le Sultan ; parle. » Le pourvoyeur prit alors
la parole, et dit :

HISTOIRE

RACONTÉE PAR LE POURVOYEUR DU SULTAN DE CASCAR.

SIRE, une personne de considération
m'invita hier aux noces d'une de ses filles,
Je ne manquai pas de me rendre chez elle
sur le soir à l'heure marquée, et je me
trouvai dans une assemblée de docteurs,
d'officiers de justice et d'autres personnes
des plus distinguées de cette ville. Après
les cérémonies, on servit un festin magnifique ; on se mit à table, et chacun mangea de ce qu'il trouva de plus à son goût.
Il y avait, entre autres choses, une entrée accommodée avec de l'ail, qui était

excellente, et dont tout le monde voulait avoir; et comme nous remarquâmes qu'un des convives ne s'empressait pas d'en manger, quoiqu'elle fût devant lui, nous l'invitâmes à mettre la main au plat, et à nous imiter. Il nous conjura de ne le point presser là-dessus : « Je me garderai bien, nous dit-il, de toucher à un ragoût où il y aura de l'ail; je n'ai point oublié ce qu'il m'en coûte pour en avoir goûté autrefois. » Nous le priâmes de nous raconter ce qui lui avait causé une si grande aversion pour l'ail. Mais, sans lui donner le temps de nous répondre : « Est-ce ainsi, lui dit le maître de la maison, que vous faites honneur à ma table? Ce ragoût est délicieux; ne prétendez pas vous exempter d'en manger : il faut que vous me fassiez cette grâce, comme les autres.» « Seigneur, lui repartit le convive, qui était un marchand de Bagdad, ne croyez pas que j'en use ainsi par une fausse délicatesse. Je veux bien vous obéir, si vous le voulez absolument; mais ce sera à condition qu'après en avoir mangé, je me laverai, s'il vous plaît, les mains quarante

fois avec du kali *, quarante autre fois
avec de la cendre de la même plante, et
autant de fois avec du savon. Vous ne
trouverez pas mauvais que j'en use ainsi,
pour ne pas contrevenir au serment que
j'ai fait de ne manger jamais de ragoût à
l'ail qu'à cette condition.

En achevant ces paroles, Scheherazade
voyant paraître le jour, se tut; et Schahriar
se leva, fort curieux de savoir pourquoi
ce marchand avait juré de se laver six-
vingts fois après avoir mangé d'un ragoût
à l'ail. La Sultane contenta sa curiosité
de cette sorte sur la fin de la nuit suivante:

~~~~~~

CXLIᵉ NUIT.

LE pourvoyeur parlant au sultan de Casgar : Le maître du logis, poursuivit-il,
ne voulant pas dispenser le marchand de

---

* Plante qui croît au bord de la mer, qu'on
recueille et qu'on brûle verte. Ses cendres sont
ce qu'on nomme la soude.

manger du ragoût à l'ail, commanda à ses
gens de tenir prêts un bassin et de l'eau
avec du kali, de la cendre de la même
plante, et du savon, afin que le marchand
se lavât autant de fois qu'il lui plairait.
Après avoir donné cet ordre, il s'adressa
au marchand : » Faites donc comme nous,
lui dit-il, et mangez : le kali, la cendre
de la même plante et le savon ne vous
manqueront pas. »

Le marchand, comme en colère de la
violence qu'on lui faisait, avança la main,
prit un morceau qu'il porta en tremblant
à sa bouche, et le mangea avec une répu-
gnance dont nous fûmes tous fort étonnés.
Mais ce qui nous surprit davantage, nous remarquâmes qu'il n'avait que quatre doigts,
et point de pouce, et personne jusque-
là ne s'en était encore aperçu, quoiqu'il
eût déjà mangé d'autres mets. Le maître
de la maison prit aussitôt la parole : « Vous
n'avez point de pouce, lui dit-il ; par quel
accident l'avez-vous perdu ? Il faut que ce
soit à quelque occasion dont vous ferez
plaisir à la compagnie de l'entretenir. »
« Seigneur, répondit-il ; ce n'est pas seu-

lement à la main droite que je n'ai point
de pouce, je n'en ai point non plus à la
gauche. » En même temps il avança la main
gauche, et nous fit voir que ce qu'il nous
disait était véritable. « Ce n'est pas tout
encore, ajouta-t-il : le pouce me manque
de même à l'un et à l'autre pied ; et vous
pouvez m'en croire. Je suis estropié de
cette manière par une aventure inouie, que
je ne refuse pas de vous raconter, si vous
voulez bien avoir la patience de l'entendre :
elle ne vous causera pas moins d'étonnement qu'elle vous fera de pitié. Mais permettez-moi de me laver les mains auparavant.» A ces mots, il se leva de table ; et
après s'être lavé les mains six-vingts fois ,
il revint prendre sa place, et nous fit le
récit de son histoire en ces termes :

Vous saurez, Seigneurs, que sous le
règne du calife Haroun Alraschid, mon
père vivait à Bagdad, où je suis né, et
passait pour un des plus riches marchands
de la ville. Mais comme c'était un homme
attaché à ses plaisirs, qui aimait la débauche, et négligeait le soin de ses affaires,
au lieu de recueillir de grands biens à sa

mort, j'eus besoin de toute l'économie imaginable pour acquitter les dettes qu'il avait laissées. Je vins pourtant à bout de les payer toutes ; et, par mes soins, ma petite fortune commença à prendre une face assez riante.

Un matin, que j'ouvrais ma boutique, une dame montée sur une mule, accompagnée d'un eunuque, et suivie de deux esclaves, passa près de ma porte, et s'arrêta. Elle mit pied à terre, à l'aide de l'eunuque, qui lui prêta la main, et lui dit : « Madame, je vous l'avais bien dit, que vous veniez de trop bonne heure : vous voyez qu'il n'y a encore personne au bezestein ; si vous aviez voulu me croire, vous vous seriez épargné la peine que vous aurez d'attendre. » Elle regarda de toutes parts, et voyant en effet qu'il n'y avait pas d'autres boutiques ouvertes que la mienne, elle s'en approcha en me saluant, et me pria de lui permettre qu'elle s'y reposât, en attendant que les autres marchands arrivassent. Je répondis à son compliment comme je devais.....

Scheherazade n'en serait pas demeurée

en cet endroit, si le jour, qu'elle vit paraître, ne lui eût imposé silence. Le sultan des Indes, qui souhaitait d'entendre la suite de cette histoire, attendit avec impatience la nuit suivante.

~~~~~~

CXLII^e NUIT.

La Sultane ayant été réveillée par sa sœur Dinarzade, adressa la parole au Sultan. « Sire, dit-elle, le marchand continua de cette sorte le récit qu'il avait commencé: »

La dame s'assit dans ma boutique, et remarquant qu'il n'y avait personne que l'eunuque et moi dans tout le bezestein; elle se découvrit le visage pour prendre l'air. Je n'ai jamais rien vu de si beau: la voir et l'aimer passionnément, ce fut la même chose pour moi; j'eus toujours les yeux attachés sur elle. Il me parut que mon attention ne lui était pas désagréable, car elle me donna tout le temps de la regarder à mon aise : elle ne se couvrit le visage que lorsque la crainte d'être aperçue l'y obligea.

Après qu'elle se fut remise dans le même état qu'auparavant, elle me dit qu'elle cherchait plusieurs sortes d'étoffes des plus belles et des plus riches, qu'elle me nomma, et elle me demanda si j'en avais. « Hélas! Madame, lui répondis-je, je suis un jeune marchand qui ne fais que commencer à m'établir : je ne suis pas encore assez riche pour faire un si grand négoce, et c'est une mortification pour moi de n'avoir rien à vous présenter de ce qui vous a fait venir au bezestein; mais pour vous épargner la peine d'aller de boutique en boutique, d'abord que les marchands seront venus, j'irai, si vous le trouvez bon, prendre chez eux tout ce que vous souhaitez; ils m'en diront le prix au juste, et sans aller plus loin, vous ferez ici vos emplettes. » Elle y consentit, et j'eus avec elle un entretien qui dura d'autant plus long-temps, que je lui faisais accroire que les marchands qui avaient les étoffes qu'elle demandait, n'étaient pas encore arrivés.

Je ne fus pas moins charmé de son esprit que je l'avais été de la beauté de son visage. Mais il fallut enfin me priver

du plaisir de sa conversation. Je courus
chercher les étoffes qu'elle désirait; et
quand elle eut choisi celles qui lui plurent,
nous en arrêtâmes le prix à cinq mille
dragmes d'argent monnayé. J'en fis un paquet que je donnai à l'eunuque, qui le mit
sous son bras. Elle se leva ensuite, et partit
après avoir pris congé de moi; je la con-
duisis des yeux jusqu'à la porte du bé-
zestein, et je ne cessai de la regarder
qu'elle ne fût remontée sur sa mule.

La dame n'eut pas plutôt disparu, que
je m'aperçus que l'amour m'avait fait faire
une grande faute. Il m'avait tellement
troublé l'esprit, que je n'avais pas pris
garde qu'elle s'en allait sans payer, et que
je ne lui avais pas seulement demandé qui
elle était, ni où elle demeurait. Je fis réflexion pourtant que j'étais redevable d'une
somme considérable à plusieurs marchands, qui n'auraient peut-être pas la patience d'attendre. J'allai m'excuser auprès
d'eux le mieux qu'il me fut possible, en
leur disant que je connaissais la dame.
Enfin, je revins chez moi, aussi amoureux
qu'embarrassé d'une si grosse dette.....

Scheherazade, en cet endroit, vit paraître le jour, et cessa de parler. La nuit suivante, elle continua de cette manière :

~~~~~~

CXLIII^e NUIT.

J'AVAIS prié mes créanciers, poursuivit le marchand, de vouloir bien attendre huit jours pour recevoir leur paiement : la huitaine échue, ils ne manquèrent pas de me presser de les satisfaire. Je les suppliai de m'accorder le même délai : ils y consentirent ; mais dès le lendemain, je vis arriver la dame montée sur sa mule, avec la même suite et à la même heure que la première fois. Elle vint droit à ma boutique : « Je vous ai fait un peu attendre, me dit-elle ; mais enfin je vous apporte l'argent des étoffes que je pris l'autre jour ; portez-le chez un changeur, qu'il voie s'il est de bon aloi, et si le compte y est. » L'eunuque, qui avait l'argent, vint avec moi chez le changeur, et la somme se trouva juste et toute de bon argent. Je revins, et j'eus encore le bon-

heur d'entretenir la dame, jusqu'à ce que
toutes les boutiques du bezestein fussent
ouvertes. Quoique nous ne parlassions
que de choses très-communes, elle leur
donnait néanmoins un tour qui les faisait
paraître nouvelles, et qui me fit voir que
je ne m'étais pas trompé, quand, dès la
première conversation, j'avais jugé qu'elle
avait beaucoup d'esprit.

Lorsque les marchands furent arrivés,
et qu'ils eurent ouvert leurs boutiques,
je portai ce que je devais à ceux chez qui
j'avais pris des étoffes à crédit, et je n'eus
pas de peine à obtenir d'eux qu'ils m'en
confiassent d'autres que la dame m'avait
demandées. J'en levai pour mille pièces
d'or, et la dame emporta encore la mar-
chandise sans la payer, sans me rien dire,
ni sans se faire connaître. Ce qui m'éton-
nait, c'est qu'elle ne hasardait rien, et
que je demeurais sans caution et sans cer-
titude d'être dédommagé, en cas que je ne
la revisse plus. « Elle me paye une somme assez considérable, me disais-je en
moi-même; mais elle me laisse redevable
d'une autre qui l'est encore davantage.

Serait-ce une trompeuse ? et serait-il possible qu'elle m'eût leurré d'abord pour
me mieux ruiner ? Les marchands ne la
connaissent pas, et c'est à moi qu'ils s'a-
dresseront. » Mon amour ne fut pas assez
puissant pour m'empêcher de faire là-dessus des réflexions chagrinantes. Mes alarmes augmentèrent même de jour en jour
pendant un mois entier, qui s'écoula sans
que je reçusse aucune nouvelle de la
dame. Enfin, les marchands s'impatien-
tèrent ; et pour les satisfaire, j'étais prêt
à vendre tout ce que j'avais, lorsque je la
vis revenir un matin dans le même équipage que les autres fois.

« Prenez votre trébuchet, me dit-elle,
pour peser l'or que je vous apporte. »
Ces paroles achevèrent de dissiper ma
frayeur, et redoublèrent mon amour.
Avant que de compter les pièces d'or,
elle me fit plusieurs questions : entre autres, elle me demanda si j'étais marié. Je
lui répondis que non, et que je ne l'avais
jamais été. Alors, en donnant l'or à l'eunuque, elle lui dit : « Prêtez-nous votre
entremise pour terminer notre affaire. »

L'eunuque se mit à rire; et m'ayant tiré à l'écart, me fit peser l'or. Pendant que je le pesais, l'eunuque me dit à l'oreille: « A vous voir, je connais parfaitement que vous aimez ma maîtresse, et je suis surpris que vous n'ayez pas la hardiesse de lui découvrir votre amour; elle vous aime encore plus que vous ne l'aimez. Ne croyez pas qu'elle ait besoin de vos étoffes; elle ne vient ici uniquement que parce que vous lui avez inspiré une passion violente : c'est à cause de cela qu'elle vous a demandé si vous étiez marié. Vous n'avez qu'à parler; il ne tiendra qu'à vous de l'épouser, si vous voulez. » « Il est vrai, lui répondis-je, que j'ai senti naître de l'amour pour elle, dès le premier moment que je l'ai vue; mais je n'osais aspirer au bonheur de lui plaire. Je suis tout à elle, et je ne manquerai pas de reconnaître le bon office que vous me rendez. »

Enfin, j'achevai de peser les pièces d'or; et pendant que je les remettais dans le sac, l'eunuque se tourna du côté de la dame, et lui dit que j'étais très-content : c'était le mot dont ils étaient con-

venus entre eux. Aussitôt la dame, qui
était assise, se leva, et partit en me disant qu'elle m'enverrait l'eunuque, et que
je n'aurais qu'à faire ce qu'il me dirait de
sa part.

Je portai à chaque marchand l'argent
qui lui était dû, et j'attendis impatiemment l'eunuque durant quelques jours. Il
arriva enfin.

« Mais, Sire, dit Scheherazade au sultan des Indes, voilà le jour qui paraît. »
A ces mots, elle garda le silence. Le lendemain, elle reprit ainsi le fil de son discours :

CXLIV^e NUIT.

JE fis bien des amitiés à l'eunuque, dit le
marchand de Bagdad, et je lui demandai
des nouvelles de la santé de sa maîtresse.
« Vous êtes, me répondit-il, l'amant du
monde le plus heureux ; elle est malade
d'amour. On ne peut avoir plus d'envie de
vous voir qu'elle en a ; et si elle disposait

de ses actions, elle viendrait vous chercher, et passerait volontiers avec vous
tous les momens de sa vie. » « A son air
noble et à ses manières honnêtes, lui dis-
je, j'ai jugé que c'était quelque dame de
considération. » « Vous ne vous êtes pas
trompé dans ce jugement, répliqua l'eunuque : elle est favorite de Zobéïde,
épouse du calife, qui l'aime d'autant plus
chèrement, qu'elle l'a élevée dès son en-
fance, et qu'elle se repose sur elle de
toutes les emplettes qu'elle a à faire.
Dans le dessein qu'elle a de se marier,
elle a déclaré à l'épouse du Commandeur
des croyans, qu'elle avait jeté les yeux
sur vous, et lui a demandé son consentement. Zobéïde lui a dit qu'elle y consen-
tait; mais qu'elle voulait vous voir auparavant, afin de juger si elle avait fait un
bon choix, et qu'en ce cas-là, elle ferait
les frais de noces : c'est pourquoi vous
voyez que votre bonheur est certain. Si
vous avez plu à la favorite, vous ne plai-
rez pas moins à la maîtresse, qui ne
cherche qu'à lui faire plaisir, et qui ne
voudrait pas contraindre son inclination.

Il ne s'agit donc plus que de venir au palais, et c'est pour cela que vous me voyez ici : c'est à vous de prendre votre résolution. » « Elle est toute prise, lui repartis-je, et je suis prêt à vous suivre partout où vous voudrez me conduire. » « Voilà qui est bien, reprit l'eunuque. Mais vous savez que les hommes n'entrent pas dans les appartemens des dames du palais, et qu'on ne peut vous y introduire qu'en prenant des mesures qui demandent un grand secret : la favorite en a pris de justes. De votre côté, faites tout ce qui dépendra de vous ; mais surtout soyez discret, car il y va de votre vie. »

Je l'assurai que je ferais exactement tout ce qui me serait ordonné. « Il faut donc, me dit-il, que ce soir, à l'entrée de la nuit, vous vous rendiez à la mosquée que Zobéide, épouse du calife, a fait bâtir sur le bord du Tigre, et que là vous attendiez qu'on vous vienne chercher. » Je consentis à tout ce qu'il voulut. J'attendis la fin du jour avec impatience ; et quand elle fut venue, je partis. J'assistai à la prière d'une heure et demie après le

soleil couché, dans la mosquée, où je demeurai le dernier.

Je vis bientôt aborder un bateau dont
tous les rameurs étaient eunuques; ils dé-
barquèrent, et apportèrent dans la mosquée plusieurs grands coffres, après quoi
ils se retirèrent; il n'en resta qu'un seul,
que je reconnus pour celui qui avait toujours accompagné la dame, et qui m'avait
parlé le matin. Je vis entrer aussi la
dame; j'allai au-devant d'elle, en lui té-
moignant que j'étais prêt à exécuter ses
ordres. « Nous n'avons pas de temps à
perdre, me dit-elle. En disant cela, elle
ouvrit un des coffres, et m'ordonna de
me mettre dedans : c'est une chose, ajouta-t-elle, nécessaire pour votre sûreté et
pour la mienne. Ne craignez rien, et laissez-moi disposer du reste. » J'en avais
trop fait pour reculer; je fis ce qu'elle
désirait, et aussitôt elle referma le coffre
à la clef. Ensuite l'eunuque, qui était
dans sa confidence, appela les autres eunuques qui avaient apporté les coffres,
et les fit tous reporter dans le bateau ;
puis la dame et son eunuque s'étant rem-

barqués, on commença à ramer pour me mener à l'appartement de Zobéide.

Pendant ce temps-là, je faisais de sérieuses réflexions ; et, considérant le danger où j'étais, je me repentis de m'y être exposé. Je fis des vœux et des prières qui n'étaient guère de saison.

Le bateau aborda devant la porte du palais du calife ; on déchargea les coffres, qui furent portés à l'appartement de l'officier des eunuques, qui garde la clef de celui des dames, et n'y laisse rien entrer sans l'avoir bien visité auparavant. Cet officier était couché ; il fallut l'éveiller et le faire lever.

« Mais, Sire, dit Scheherazade en cet endroit, je vois le jour qui commence à paraître. » Schahriar se leva pour aller tenir son conseil, et dans la résolution d'entendre le lendemain la suite d'une histoire qu'il avait écoutée jusque-là avec plaisir.

~~~~~~~~~~~~~~~~~~~~~~~~~~~~~~~~~~~~~~~

CXLV^e NUIT.

QUELQUES momens avant le jour, la sultane des Indes s'étant réveillée, poursuivit
de cette manière l'histoire du marchand
de Bagdad :

L'officier des eunuques, continua-t-il,
fâché de ce qu'on avait interrompu son
sommeil, querella fort la favorite de ce
qu'elle revenait si tard : « Vous n'en serez pas quitte à si bon marché que vous
vous l'imaginiez, lui dit-il ; pas un de ces
coffres ne passera que je ne l'aie fait ouvrir, et que je ne l'aie exactement visité. »
En même temps il commanda aux eunuques de les apporter devant lui l'un après
l'autre, et de les ouvrir. Ils commencèrent par celui où j'étais enfermé ; ils le
prirent et le portèrent. Alors je fus saisi
d'une frayeur que je ne puis exprimer ;
je me crus au dernier moment de ma vie.

La favorite, qui avait la clef, protesta
qu'elle ne la donnerait pas, et ne souf-
frirait jamais qu'on ouvrît ce coffre-là.

« Vous savez bien, dit-elle, que je ne fais rien venir qui ne soit pour le service de Zobéïde, votre maîtresse et la mienne. Ce coffre, particulièrement, est rempli de marchandises précieuses, que des marchands nouvellement arrivés m'ont confiées. Il y a de plus un nombre de bouteilles d'eau de la fontaine de Zemzem *, envoyées de la Mecque ; si quelqu'une venait à se casser, les marchandises en seraient gâtées, et vous en répondriez ; la femme du Commandeur des croyans saurait bien se venger de votre insolence. » Enfin elle parla avec tant de fermeté, que l'officier n'eut pas la hardiesse de s'opiniâtrer à vouloir faire la visite, ni du coffre où j'étais, ni des autres. « Passez donc, dit-il en colère, marchez. » On ouvrit l'appartement des dames, et l'on y porta tous les coffres.

A peine y furent-ils, que j'entendis crier tout à coup : « Voilà le calife ! voilà

---

* Cette fontaine est à la Mecque. On boit de son eau par dévotion, et l'on en envoie en présent aux princes et aux princesses.

le calife ! » Ces paroles augmentèrent ma
frayeur à un point, que je ne sais comment je n'en mourus pas sur-le-champ :
c'était effectivement le calife. « Qu'apportez - vous donc dans ces coffres ? dit-
il à la favorite. » « Commandeur des
croyans, répondit-elle, ce sont des étoffes
nouvellement arrivées, que l'épouse de
Votre Majesté a souhaité qu'on lui mon-
trât. » « Ouvrez, ouvrez, reprit le calife,
je les veux voir aussi. » Elle voulut s'en
excuser, en lui représentant que ces étoffes
n'étaient propres que pour des dames, et
que ce serait ôter à son épouse le plaisir qu'elle se faisait de les voir la première. « Ouvrez, vous dis-je, répliqua-t-
il, je vous l'ordonne. » Elle lui remontra
encore que Sa Majesté, en l'obligeant à
manquer à sa maîtresse, l'exposait à sa
colère. « Non, non, repartit-il, je vous
promets qu'elle ne vous en fera aucun
reproche. Ouvrez seulement, et ne me
faites pas attendre plus long-temps. »

Il fallut obéir ; et je sentis alors de si
vives alarmes, que j'en frémis encore toutes les fois que j'y pense. Le calife s'assit,

et la favorite fit porter devant lui tous
les coffres l'un après l'autre, et les ouvrit.
Pour tirer les choses en longueur, elle lui
faisait remarquer toutes les beautés de
chaque étoffe en particulier. Elle voulait
mettre sa patience à bout ; mais elle n'y
réussit pas. Comme elle n'était pas moins
intéressée que moi à ne pas ouvrir le
coffre où j'étais, elle ne s'empressait point
à le faire apporter, et il ne restait plus
que celui-là à visiter : « Achevons, dit le
calife, voyons encore ce qu'il y a dans
ce coffre. » Je ne puis dire si j'étais vif
ou mort dans ce moment ; mais je ne
croyais pas échapper à un si grand danger......

Scheherazade, à ces derniers mots, vit
paraître le jour : elle interrompit sa narration ; mais sur la fin de la nuit suivante,
elle continua ainsi :

CXLVIᵉ NUIT.

Lorsque la favorite de Zobéide, pour
suivit le marchand de Bagdad, vit que le

calife voulait absolument qu'elle ouvrît le coffre ou j'étais : «Pour celui-ci, dit-elle, Votre Majesté me fera, s'il lui plaît, la grâce de me dispenser de lui faire voir ce qu'il y a dedans : ce sont des choses que je ne puis lui montrer qu'en présence de son épouse. » «Voilà qui est bien, dit le calife, je suis content ; faites emporter vos coffres.» Elle les fit enlever aussitôt et porter dans sa chambre, où je commençai à respirer.

Dès que les eunuques qui les avaient apportés se furent retirés, elle ouvrit promptement celui où j'étais prisonnier. «Sortez, me dit-elle en me montrant la porte d'un escalier qui conduisait à une chambre au-dessus : montez, et allez m'attendre. » Elle n'eut pas fermé la porte sur moi que le calife entra, et s'assit sur le coffre d'où je venais de sortir. Le motif de cette visite était un mouvement de curiosité qui ne me regardait pas. Ce prince voulait faire des questions sur ce qu'elle avait vu ou entendu dans la ville. Ils s'entretinrent tous deux assez long-

temps ; après quoi il la quitta enfin, et se
retira dans son appartement.

Lorsqu'elle se vit libre, elle me vint
trouver dans la chambre où j'étais monté,
et me fit, bien des excuses de toutes les
alarmes qu'elle m'avait causées. « Ma
peine, me dit - elle, n'a pas été moins
grande que la vôtre ; vous n'en devez pas
douter, puisque j'ai souffert pour l'amour
de vous, et pour moi qui courais le même
péril. Une autre, à ma place, n'aurait
peut-être pas eu le courage de se tirer si
bien d'une occasion si délicate. Il ne fallait pas moins de hardiesse ni de présence
d'esprit ; ou plutôt il fallait avoir tout
l'amour que j'ai pour vous pour sortir de
cet embarras ; mais rassurez-vous, il n'y
a plus rien à craindre. » Après nous être
entretenus quelque temps avec beaucoup
de tendresse : « Il est temps, me dit-elle,
de vous reposer : couchez - vous. Je ne
manquerai pas de vous présenter demain
à Zobéïde, ma maîtresse, à quelque heure
du jour ; et c'est une chose facile, car le
calife ne la voit que la nuit. » Rassuré
par ces discours, je dormis assez tranquil-

lement, ou si mon sommeil fut quelquefois interrompu par des inquiétudes, ce furent des inquiétudes agréables, causées par l'espérance de posséder une dame qui avait tant d'esprit et de beauté.

Le lendemain, la favorite de Zobéïde, avant que de me faire paraître devant sa maîtresse, m'instruisit de la manière dont je devais soutenir sa présence, me dit à peu près les questions que cette princesse me ferait, et me dicta les réponses que j'y devais faire. Après cela, elle me conduisit dans une salle où tout était d'une propreté, d'une richesse et d'une magnificence surprenantes. Je n'y étais pas entré, que vingt dames esclaves, d'un âge déjà avancé, toutes vêtues d'habits riches et uniformes, sortirent du cabinet de Zobéïde, et vinrent se ranger devant un trône, en deux files égales, avec une grande modestie. Elles furent suivies de vingt autres dames toutes jeunes, et habillées de la même sorte que les premières, avec cette différence pourtant que leurs habits avaient quelque chose de plus galant. Zobéïde parut au milieu de celles-ci avec un

air majestueux, et si chargée de pierreries
et de toutes sortes de joyaux, qu'à peine
pouvait-elle marcher. Elle alla s'asseoir
sur le trône. J'oubliais de vous dire que
sa dame favorite l'accompagnait, et qu'elle
demeura debout à sa droite, pendant que
les dames esclaves, un peu plus éloignées,
étaient en foule des deux côtés du trône.

D'abord que la femme du calife fut
assise, les esclaves qui étaient entrées les
premières, me firent signe d'approcher.
Je m'avançai au milieu des deux rangs
qu'elles formaient, et me prosternai la
tête contre le tapis qui était sous les pieds
de la princesse. Elle m'ordonna de me relever, et me fit l'honneur de s'informer
de mon nom, de ma famille et de l'état de
ma fortune, à quoi je satisfis assez à son
gré. Je m'en aperçus non-seulement à son
air, mais elle me le fit même connaître par
les choses qu'elle eut la bonté de me dire.
« J'ai bien de la joie, me dit-elle, que ma
fille (c'est ainsi qu'elle appelait sa dame
favorite), car je la regarde comme telle,
après le soin que j'ai pris de son éducation, ait fait un choix dont je suis con-

tente ; je l'approuve et je consens que vous vous mariiez tous deux. J'ordonnerai moi-même les apprêts de vos noces ; mais auparavant, j'ai besoin de ma fille pour dix jours : pendant ce temps-là, je parlerai au calife, et obtiendrai son consentement, et vous demeurerez ici : on aura soin de vous. »

En achevant ces paroles, Scheherazade aperçut le jour, et cessa de parler. Le lendemain, elle reprit la parole de cette manière :

CXLVIIᵉ NUIT.

Je demeurai donc dix jours dans l'appartement des dames du calife, continua le marchand de Bagdad. Durant tout ce temps-là, je fus privé du plaisir de voir la dame favorite ; mais on me traita si bien par son ordre, que j'eus sujet d'ailleurs d'être très-satisfait.

Zobéide entretint le calife de la résolution qu'elle avait prise de marier sa favorite ; et ce prince, en lui laissant la liberté de faire là-dessus ce qui lui plairait, accorda une somme considérable à la favorite, pour contribuer de sa part à son établissement. Les dix jours écoulés, Zobéïde fit dresser le contrat de mariage, qui lui fut apporté en bonne forme. Les préparatifs des noces se firent : on appela les musiciens, les danseurs et les danseuses, et il y eut pendant neuf jours de grandes réjouissances dans le palais. Le dixième jour étant destiné pour la dernière cérémonie du mariage, la dame favorite fut conduite au bain d'un côté, et moi d'un autre ; et sur le soir, m'étant mis à table, on me servit toutes sortes de mets et de ragoûts : entre autres, un ragoût à l'ail, comme celui dont on vient de me forcer de manger. Je le trouvai si bon, que je ne touchai presque point aux autres mets. Mais, pour mon malheur, m'étant levé de table, je me contentai de m'essuyer les mains au lieu de les bien laver, et c'était une négligence qui ne m'était jamais arrivée jusqu'alors.

Comme il était nuit, on suppléa à la clarté du jour par une grande illumination dans l'appartement des dames. Les instrumens se firent entendre ; on dansa, on fit mille jeux : tout le palais retentissait de cris de joie. On nous introduisit, ma femme et moi, dans une grande salle, où l'on nous fit asseoir sur deux trônes. Les femmes qui la servaient lui firent changer plusieurs fois d'habits, et lui peignirent le visage de différentes manières, selon la coutume pratiquée au jour des noces ; et chaque fois qu'on lui changeait d'habillement, on me la faisait voir.

Enfin toutes ces cérémonies finirent, et l'on nous conduisit dans la chambre nuptiale. D'abord qu'on nous y eut laissé seuls, je m'approchai de mon épouse pour l'embrasser ; mais au lieu de répondre à mes transports, elle me repoussa fortement, et se mit à faire des cris épouvantables qui attirèrent bientôt dans la chambre toutes les dames de l'appartement, qui voulurent savoir le sujet de ses cris. Pour moi, saisi d'un long étonnement, j'étais demeuré immobile, sans avoir eu seulement la force de lui en demander la cause. « Notre chère sœur, lui dirent

elles, que vous est-il donc arrivé depuis
le peu de temps que nous vous avons
quittée? Apprenez-le-nous, afin que nous
vous secourions. » « Otez, s'écria-t-elle,
ôtez - moi de devant les yeux ce vilain
homme que voilà. » « Hé! Madame, lui
dis-je, en quoi puis-je avoir eu le malheur de mériter votre colère?» « Vous
êtes un vilain, me répondit-elle en furie,
vous avez mangé de l'ail, et vous ne vous
êtes pas lavé les mains! Croyez-vous que
je veuille souffrir qu'un homme si mal-
propre s'approche de moi pour m'empes-
ter? Couchez-le par terre, ajouta-t-elle en
s'adressant aux dames, et qu'on m'apporte
un nerf de bœuf. » Elles me renversèrent
aussitôt, et tandis que les unes me tenaient par les bras, et les autres par les
pieds, ma femme, qui avait été servie en
diligence, me frappa impitoyablement
jusqu'à ce que les forces lui manquèrent.
Alors elle dit aux dames : « Prenez-le :
qu'on l'envoie au lieutenant de police, et
qu'on lui fasse couper la main dont il a
mangé du ragoût à l'ail. » A ces paroles,
je m'écriai : « Grand Dieu! je suis rompu

et brisé de coups, et pour surcroît d'affliction, on me condame encore à avoir la main coupée! Et pourquoi? pour avoir mangé d'un ragoût à l'ail, et pour avoir oublié de me laver les mains! Quelle colère pour un si petit sujet! Peste soit du ragoût à l'ail! Maudit soit le cuisinier qui l'a apprêté, et celui qui l'a servi! »

La sultane Scheherazade remarquant qu'il était jour, s'arrêta en cet endroit. Schahriar se leva, en riant de toute sa force de la colère de la dame favorite, et fort curieux d'apprendre le dénouement de cette histoire.

CXLVIII^e NUIT.

LE lendemain, Scheherazade, réveillée avant le jour, reprit ainsi le fil de son discours de la nuit précédente :

Toutes les dames, dit le marchand de Bagdad, qui m'avaient vu recevoir mille coups de nerf de bœuf, eurent pitié de moi, lorsqu'elles entendirent parler de me faire couper la main. « Notre chère sœur et notre bonne dame, dirent-elles à la favorite, vous poussez trop loin votre ressentiment. C'est un homme, à la vérité, qui ne sait pas vivre, qui ignore votre rang et les égards que vous méritez ; mais nous vous supplions de ne pas prendre garde à la faute qu'il a commise, et de la lui pardonner. » « Je ne suis pas satisfaite, reprit-elle ; je veux qu'il apprenne à vivre, et qu'il porte des marques si sensibles de sa malpropreté, qu'il ne s'avisera de sa vie de manger d'un ragoût à l'ail, sans se souvenir ensuite de se laver les mains. » Elles ne se rebutèrent pas de son refus, elles se jetèrent à ses pieds, et lui baisant la main : « Notre bonne dame, lui dirent-elles, au nom de Dieu, modérez votre colère, et accordez-nous la grâce que nous vous demandons. » Elle ne leur répondit rien, mais elle se leva ; et après m'avoir dit mille injures, elle sortit de la chambre. Toutes les dames la suivirent, et me laissèrent seul dans une affliction inconcevable.

Je demeurai dix jours sans voir personne qu'une vieille esclave qui venait m'apporter à manger. Je lui demandai des nouvelles de la dame favorite. « Elle est malade, me dit la vieille esclave, de l'odeur empoisonnée que vous lui avez fait respirer. Pourquoi aussi n'avez-vous pas eu soin de vous laver les mains après avoir mangé de ce maudit ragoût à l'ail? » « Est-il possible, dis-je alors en moi-même, que la délicatesse de ces dames soit si grande, et qu'elles soient si vindicatives pour une faute si légère? » J'aimais cependant ma femme, malgré sa cruauté, et je ne laissai pas de la plaindre.

Un jour l'esclave me dit: « Votre épouse est guérie, elle est allée au bain, et elle m'a dit qu'elle vous viendrait voir demain. Ainsi, ayez encore patience, et tâchez de vous accommoder à son humeur. C'est d'ailleurs, une personne très-sage, très-raisonnable et très-chérie de toutes les dames qui sont auprès de Zobéide, notre respectable maîtresse. »

Véritablement ma femme vint le lendemain, et me dit d'abord : « Il faut que je sois bien bonne de venir vous revoir après l'offense que vous m'avez faite. Mais je ne

puis me résoudre à me réconcilier avec
vous, que je ne vous aie puni comme vous
le méritez, pour ne vous être pas lavé les
mains après avoir mangé d'un ragoût à
l'ail. » En achevant ces mots, elle appela
des dames qui me couchèrent par terre
par son ordre ; et après qu'elles m'eurent
lié, elle prit un rasoir, et eut la barbarie
de me couper elle-même les quatre pouces.
Une des dames appliqua d'une certaine
racine pour arrêter le sang ; mais cela
n'empêcha pas que je ne m'évanouisse par
la quantité que j'en avais perdu, et par le
mal que j'avais souffert.

Je revins de mon évanouissement, et
l'on me donna du vin à boire pour me
faire reprendre des forces. « Ah ! Madame,
dis-je alors à mon épouse, si jamais il
m'arrive de manger d'un ragoût à l'ail, je
vous jure qu'au lieu d'une fois, je me laverai les mains six-vingts fois avec du
kali, de la cendre de la même plante et
du savon. » « Hé bien, dit ma femme, à
cette condition, je veux bien oublier le
passé, et vivre avec vous comme avec
mon mari. »

« Voilà, Seigneur, ajouta le marchand de Bagdad, en s'adressant à la compagnie, la raison pourquoi vous avez vu que j'ai refusé de manger du ragoût à l'ail qui était devant moi... »

Le jour, qui commençait à paraître, ne permit pas à Scheherazade d'en dire davantage cette nuit ; mais le lendemain elle reprit la parole en ces termes :

~~~~~~

CXLIXe NUIT.

SIRE, le marchand de Bagdad acheva de raconter ainsi son histoire :

Les dames n'appliquèrent pas seulement sur mes plaies de la racine que j'ai dite pour étancher le sang, elles y mirent aussi du baume de la Mecque, qu'on ne pouvait pas soupçonner d'être falsifié, puisqu'elles l'avaient pris dans l'apothicairerie du calife. Par la vertu de ce baume admirable, je fus parfaitement guéri en peu de jours, et nous demeurâmes en-

semble, ma femme et moi, dans la même
union que si je n'eusse jamais mangé de
ragoût à l'ail. Mais comme j'avais toujours joui de ma liberté, je m'ennuyais
fort d'être enfermé dans le palais du calife; néanmoins je n'en voulais rien témoigner à mon épouse, de peur de lui
déplaire. Elle s'en aperçut; elle ne demandait pas mieux elle-même que d'en
sortir. La reconnaissance seule la retenait
auprès de Zobéïde. Mais elle avait de
l'esprit, et elle représenta si bien à sa
maîtresse la contrainte où j'étais de ne
pas vivre dans la ville avec les gens de ma
condition, comme j'avais toujours fait,
que cette bonne princesse aima mieux se
priver du plaisir d'avoir auprès d'elle sa
favorite, que de ne lui pas accorder ce
que nous souhaitions tous les deux également.

C'est pourquoi, un mois après notre
mariage, je vis paraître mon épouse avec
plusieurs eunuques qui portaient chacun
un sac d'argent. Quand ils se furent retirés: «Vous ne m'avez rien marqué, dit-
elle, de l'ennui que vous cause le séjour

de la Cour ; mais je m'en suis fort bien aperçue, et j'ai heureusement trouvé moyen de vous rendre content. Zobéïde, ma maîtresse, nous permet de nous retirer du palais, et voilà cinquante mille sequins dont elle nous fait présent pour nous mettre en état de vivre commodément dans la ville. Prenez-en dix mille, et allez nous acheter une maison.

J'en eus bientôt trouvé une pour cette somme ; et l'ayant fait meubler magnifiquement, nous y allâmes loger. Nous prîmes un grand nombre d'esclaves de l'un et de l'autre sexe, et nous nous donnâmes un fort bel équipage. Enfin, nous commençâmes à mener une vie fort agréable ; mais elle ne fut pas de longue durée. Au bout d'un an, ma femme tomba malade, et mourut en peu de jours.

J'aurais pu me remarier et continuer de vivre honorablement à Bagdad ; mais l'envie de voir le monde m'inspira un autre dessein. Je vendis ma maison, et après avoir acheté plusieurs sortes de marchandises, je me joignis à une caravane, et passai en Perse. De-là, je pris la

3.   22

route de Samarcande *, d'où je suis venu m'établir en cette ville.

Voilà, Sire, dit le pourvoyeur, qui parlait au sultan de Casgar, l'histoire que raconta hier ce marchand de Bagdad à la compagnie où je me trouvai. « Cette histoire, dit le Sultan, a quelque chose d'extraordinaire ; mais elle n'est pas comparable à celle du petit bossu. » Alors le médecin juif s'étant avancé, se prosterna devant le trône de ce prince, et lui dit en se relevant : « Sire, si Votre Majesté veut avoir aussi la bonté de m'écouter, je me flatte qu'elle sera satisfaite de l'histoire que j'ai à lui conter. » « Hé bien, parle, lui dit le Sultan ; mais si elle n'est pas plus surprenante que celle du bossu, n'espère pas que je te donne la vie.... »

La sultane Scheherazade s'arrêta en cet endroit, parce qu'il était jour. La nuit suivante, elle reprit ainsi son discours :

---

* Samarcande, ancienne et grande ville d'Asie, capitale du royaume du même nom.

~~~~~~

CL^e NUIT.

Sire, dit Scheherazade, le médecin juif, voyant le sultan de Casgar disposé à l'entendre, prit ainsi la parole :

HISTOIRE

RACONTÉE PAR LE MÉDECIN JUIF.

Sire, pendant que j'étudiais en médecine à Damas, et que je commençais à y exercer ce bel art avec quelque réputation, un esclave me vint chercher pour aller voir un malade chez le gouverneur de la ville. Je m'y rendis, et l'on m'introduisit dans une chambre, où je trouvai un jeune homme très-bien fait, fort abattu du mal qu'il souffrait. Je le saluai en m'asseyant près de lui. Il ne répondit point à mon compliment ; mais il me fit signe des yeux, pour me marquer qu'il m'entendait, et qu'il me remerciait. « Seigneur, lui dis-je, je vous prie de me don-

ner la main, que je vous tâte le pouls. »
Au lieu de tendre la main droite, il me
présenta la gauche, de quoi je fus extrêmement surpris. » Voilà, dis-je en moi-
même, une grande ignorance, de ne savoir pas que l'on présente la main droite
à un médecin, et non pas la gauche. » Je
ne laissai pas de lui tâter le pouls ; et
après avoir écrit une ordonnance, je me
retirai.

Je continuai mes visites pendant neuf
jours ; et toutes les fois que je lui voulus
tâter le pouls, il me tendit la main gauche. Le dixième jour, il me parut se bien
porter, et je lui dis qu'il n'avait plus
besoin que d'aller au bain. Le gouverneur
de Damas, qui était présent, pour me
marquer combien il était content de moi,
me fit revêtir, en sa présence, d'une robe
très-riche, en me disant qu'il me faisait
médecin de l'hôpital de la ville, et médecin ordinaire de sa maison, où je pouvais
aller librement manger à sa table quand
il me plairait.

Le jeune homme me fit aussi de grandes
amitiés, et me pria de l'accompaguer au

bain. Nous y entrâmes ; et quand ses gens l'eurent déshabillé, je vis que la main droite lui manquait. Je remarquai même qu'il n'y avait pas long-temps qu'on la lui avait coupée : c'était aussi la cause de sa maladie que l'on m'avait cachée ; et tandis qu'on y appliquait des médicamens propres à le guérir promptement, on m'avait appelé pour empêcher que la fièvre qui l'avait pris n'eût de mauvaises suites. Je fus assez surpris et fort affligé de le voir en cet état ; il le remarqua bien sur mon visage. « Médecin, me dit-il, ne vous étonnez pas de me voir la main coupée ; je vous en dirai quelque jour le sujet, et vous entendrez une histoire des plus surprenantes. »

Après que nous fûmes sortis du bain, nous nous mîmes à table ; nous nous entretînmes ensuite, et il me demanda s'il pouvait, sans altérer sa santé, s'aller promener hors de la ville, au jardin du gouverneur. Je lui répondis que non-seulement il le pouvait, mais qu'il lui était même très-salutaire de prendre l'air. « Si cela est, répliqua t-il, et que vous vouliez

bien me tenir compagnie , je vous con-
terai là mon histoire. » Je repartis que
j'étais tout à lui le reste de la journée.
Aussitôt il commanda à ses gens d'apporter de quoi faire la collation ; puis
nous partîmes, et nous nous rendîmes au
jardin du gouverneur. Nous y fîmes deux
ou trois tours de promenade ; et après
nous être assis sur un tapis, que ses gens
étendirent sous un arbre qui faisait un bel
ombrage , le jeune homme me fit de cette
sorte le récit de son histoire :

Je suis né à Moussoul, et ma famille
est une des plus considérables de la ville.

Mon père était l'aîné de dix enfans que
mon aïeul laissa en mourant , tous en vie
et mariés. Mais, de ce grand nombre de
frères , mon père fut le seul qui eut des
enfans, encore n'eut-il que moi. Il prit
un très-grand soin de mon éducation , et
me fit apprendre tout ce qu'un enfant de
ma condition ne devait pas ignorer.....

Mais, Sire, dit Scheherazade en s'ar-
rêtant en cet endroit, l'aurore, qui paraît,
m'impose silence. » A ces mots, elle se
tut , et le Sultan se leva.

~~~~~~

CLI^e NUIT.

LE lendemain , Scheherazade reprit la suite de son discours de la nuit précédente. Le médecin juif , dit-elle , continuant de parler au sultan de Casgar :

Le jeune homme de Moussoul , ajouta-t-il , poursuivit ainsi son histoire :

J'étais déjà grand , et je commençais à fréquenter le monde , lorsqu'un vendredi je me trouvai à la prière de midi , avec mon père et mes oncles , dans la grande mosquée de Moussoul. Après la prière, tout le monde se retira , hors mon père et mes oncles , qui s'assirent sur le tapis qui régnait par toute la mosquée. Je m'assis aussi avec eux ; et s'entretenant de plusieurs choses , la conversation tomba insensiblement sur les voyages. Ils vantèrent les beautés et les singularités de quelques royaumes et de leurs villes principales ; mais un de mes oncles dit que si l'on en voulait croire le rapport uniforme d'une infinité de voyageurs , il n'y avait pas au monde un plus

beau pays que l'Egypte, et un plus beau
fleuve que le Nil ; et ce qu'il en raconta
m'en donna une si grande idée, que dès
ce moment je conçus le désir d'y voyager.
Ce que mes autres oncles purent dire pour
donner la préférence à Bagdad et au Tigre, en appelant Bagdad le véritable séjour
de la religion musulmane et la métropole
de toutes les villes de la terre, ne fit pas
la même impression sur moi. Mon père
appuya le sentiment de celui de ses frères
qui avait parlé en faveur de l'Egypte, ce
qui me causa beaucoup de joie. « Quoi
qu'on en veuille dire, s'écria-t-il, qui n'a
pas vu l'Egypte, n'a pas vu ce qu'il y a
de plus singulier au monde. La terre y
est toute d'or, c'est-à-dire, si fertile,
qu'elle enrichit ses habitans. Toutes les
femmes y charment, ou par leur beauté,
ou par leurs manières agréables. Si vous
me parlez du Nil, y a-t-il un fleuve plus
admirable ? Quelle eau fut jamais plus
légère et plus délicieuse ? Le limon même
qu'il entraîne avec lui dans son déborde-
ment, n'engraisse-t-il pas les campagnes,
qui produisent sans travail mille fois plus

qué les autres terres avec toute la peine
que l'on prend à les cultiver ? Ecoutez ce
qu'un poëte, obligé d'abandonner l'E-
gypte, disait aux Egyptiens :

« Votre Nil vous comble tous les jours
« de bien ; c'est pour vous uniquement
« qu'il vient de si loin. Hélas ! en m'éloi-
« gnant de vous, mes larmes vont couler
« aussi abondamment que ses eaux. Vous
« allez continuer de jouir de ses douceurs,
« tandis que je suis condamné à m'en pri-
« ver malgré moi. »

« Si vous regardez , ajouta mon père ,
du côté de l'île que forment les deux
branches du Nil les plus grandes, qu'elle
variété de verdure ! quel émail de toutes
sortes de fleurs ! quelle quantité prodigieuse
de villes, de bourgades, de canaux et de
mille autres objets agréables ! Si vous
tournez les yeux de l'autre côté en re-
montant vers l'Ethiopie, combien d'autres
sujets d'admiration ! Je ne puis mieux
comparer la verdure de tant de campagnes
arrosées par les différens canaux du Nil ,
qu'à des émeraudes brillantes enchâssées
dans de l'argent. N'est-ce pas la ville de

l'univers la plus vaste, la plus peuplée et
la plus riche, que le grand Caire? Que
d'édifices magnifiques, tant publics que
particuliers! Si vous allez jusqu'aux pyramides, vous serez saisis d'étonnement; vous
demeurerez immobiles à l'aspect de ces
masses de pierres d'une grosseur énorme
qui s'élèvent jusqu'aux cieux; vous serez
obligés d'avouer qu'il faut que les Pha-
raons qui ont employé à les construire tant
de richesses et tant d'hommes, aient sur-
passé tous les monarques qui sont venus
après eux, non-seulement en Egypte,
mais sur la terre même, en magnificence
et en invention, pour avoir laissé des mo-
numens si dignes de leur mémoire. Ces mo-
numens, si anciens, que les savans ne sau-
raient convenir entre eux du temps qu'on
les a élevés, subsistent encore aujour-
d'hui, et dureront autant que les siècles.
Je passe sous silence les villes maritimes
du royaume d'Egypte, comme Damiette,
Rosette, Alexandrie, où je ne sais combien
de nations vont chercher mille sortes de
grains et de toiles, et mille autres choses
pour la commodité et les délices des

hommes. Je vous en parle avec connaissance : j'y ai passé quelques années de ma
jeunesse, que je compterai, tant que je
vivrai, pour les plus agréables de toute
ma vie. »

Schéhérazade parlait ainsi, lorsque la
lumière du jour, qui commençait à naître,
vint frapper ses yeux : elle demeura aussitôt dans le silence ; mais sur la fin de la
nuit suivante, elle reprit le fil de son discours de cette sorte :

CLIIᵉ NUIT.

MES oncles n'eurent rien à répliquer à
mon père, poursuivit le jeune homme de
Moussoul, et demeurèrent d'accord de
tout ce qu'il venait de dire du Nil, du
Caire et de tout le royaume d'Egypte.
Pour moi, j'en eus l'imagination si remplie,
que je n'en dormis pas de la nuit. Peu de
temps après, mes oncles firent bien connaître eux-mêmes combien ils avaient été
frappés du discours de mon père. Ils lui
proposèrent de faire tous ensemble le

voyage d'Egypte : il accepta la proposition ; et comme ils étaient riches marchands, ils résolurent de porter avec eux des marchandises qu'ils y pussent débiter. J'appris qu'ils faisaient les préparatifs de leur départ : j'allai trouver mon père ; je le suppliai, les larmes aux yeux, de me permettre de l'accompagner, et de m'accorder un fonds de marchandises pour en faire le débit moi-même. « Vous êtes encore trop jeune, me dit-il, pour entreprendre le voyage d'Egypte : la fatigue en est trop grande ; et de plus, je suis persuadé que vous vous y perdriez. » Ces paroles ne m'ôtèrent pas l'envie de voyager : j'employai le crédit de mes oncles auprès de mon père : ils obtinrent enfin que j'irais seulement jusqu'à Damas, où ils me laisseraient pendant qu'ils continueraient leur voyage jusqu'en Egypte. « La ville de Damas, dit mon père, a aussi ses beautés, et il faut qu'il se contente de la permission que je lui donne d'aller jusque-là. » Quelque désir que j'eusse de voir l'Egypte, après ce que je lui en avais ouï dire, il était mon père, je me soumis à sa volonté,

Je partis donc de Moussoul avec mes oncles et lui. Nous traversâmes la Mésopotamie; nous passâmes l'Euphrate; nous arrivâmes à Alep, où nous séjournâmes peu de jours; et de là nous nous rendîmes à Damas, dont l'abord me surprit très-agréablement. Nous logeâmes tous dans un même khan. Je vis une ville grande, peuplée, remplie de beau monde et très-bien fortifiée. Nous employâmes quelques jours à nous promener dans tous ces jardins délicieux qui sont aux environs, comme nous pouvons le voir d'ici; et nous convînmes que l'on avait raison de dire que Damas était au milieu d'un paradis. Mes oncles enfin songèrent à continuer leur route; ils prirent soin auparavant de vendre mes marchandises; ce qu'ils firent si avantageusement pour moi, que j'y gagnai cinq cents pour cent. Cette vente produisit une somme considérable, dont je fus ravi de me voir possesseur.

Mon père et mes oncles me laissèrent donc à Damas, et poursuivirent leur voyage. Après leur départ, j'eus une grande attention à ne pas dépenser mon argent

inutilement. Je louai néanmoins une maison magnifique : elle était toute de marbre,
ornée de peintures à feuillages d'or et
d'azur ; elle avait un jardin où l'on voyait
de très-beaux jets d'eau. Je la meublai,
non pas à la vérité aussi richement que la
magnificence du lieu le demandait, mais
du moins assez proprement pour un jeune
homme de ma condition. Elle avait autrefois appartenu à un des principaux seigneurs de la ville, nommé Modoun Ab-
dalraham, et elle appartenait alors à un
riche marchand joaillier, à qui je n'en
payais que deux scherifs * par mois.
J'avais un assez grand nombre de domestiques ; je vivais honorablement ; je donnais
quelquefois à manger aux gens avec qui
j'avais fait connaissance, et quelquefois
j'allais manger chez eux : c'est ainsi que je
passais le temps à Damas, en attendant le
retour de mon père. Aucune passion ne
troublait mon repos ; et le commerce des
honnêtes gens faisait mon unique occupa-
tion.

---

* Un scherif est la même chose qu'un sequin.

Un jour que j'étais assis à la porte de ma maison, et que je prenais le frais, une dame fort proprement habillée, et qui paraissait fort bien faite, vint à moi, et me demanda si je ne vendais pas des étoffes. En disant cela, elle entra dans le logis.....

En cet endroit, Scheherazade voyant qu'il était jour, se tut ; et la nuit suivante, elle reprit la parole dans ces termes :

~~~~~~~~~~~~~~~~~~~~~~~~~~~~~~~~~~

CLIII^e NUIT.

QUAND je vis, dit le jeune homme de Moussoul, que la dame était entrée dans ma maison, je me levai, je fermai la porte, et je la fis entrer dans une salle où je la priai de s'asseoir. « Madame, lui dis-je, j'ai eu des étoffes qui étaient dignes de vous être montrées ; mais je n'en ai plus présentement, et j'en suis très-fâché. » Elle ôta le voile qui lui couvrait le visage, et fit briller à mes yeux une beauté dont la vue me fit sentir des mouvemens que je n'avais point encore sentis. « Je n'ai pas besoin d'étoffes, me répondit-elle ; je viens

seulement pour vous voir, et passer la soirée avec vous, si vous l'avez pour agréable : je ne vous demande qu'une légère
collation. »

Ravi d'une si bonne fortune, je donnai
ordre à mes gens de nous apporter plusieurs sortes de fruits et des bouteilles de
vin. Nous fûmes servis promptement,
nous mangeâmes, nous bûmes, nous nous
réjouîmes jusqu'à minuit; enfin, je n'a-
vais point encore passé de nuit si agréablement que je passai celle-là. Le lendemain matin, je voulus mettre dix scherifs
dans la main de la dame; mais elle la retira brusquement. « Je ne suis pas venue
vous voir dans un esprit d'intérêt, et vous
me faites une injure. Bien loin de recevoir de l'argent de vous, je veux que vous en
receviez de moi; autrement je ne vous reverrai plus. » En même temps, elle tira
dix scherifs de sa bourse, et me força de
les prendre. « Attendez-moi dans trois
jours, me dit-elle, après le coucher du
soleil. » A ces mots, elle prit congé de
moi, et je sentis qu'en partant elle em-
portait mon cœur avec elle.

Au bout de trois jours, elle ne manqua pas de venir à l'heure marquée ; et je ne manquai pas de la recevoir avec toute la joie d'un homme qui l'attendait impatiemment. Nous passâmes la soirée et la nuit comme la première fois ; et le lendemain, en me quittant, elle promit de me revenir voir encore dans trois jours : mais elle ne voulut point partir que je n'eusse reçu dix nouveaux scherifs.

Etant revenue pour la troisième fois, et lorsque le vin nous eut échauffés tous deux, elle me dit : « Mon cher cœur, que pensez-vous de moi ? Ne suis-je pas belle et amusante. » « Madame, lui répondis-je, cette question, ce me semble, est assez inutile : toutes les marques d'amour que je vous donne doivent vous persuader que je vous aime. Je suis charmé de vous voir et de vous posséder ; vous êtes ma reine, ma sultane ; vous faites tout le bonheur de ma vie. » « Ah ! je suis assurée, me dit-elle, que vous cesseriez de tenir ce langage, si vous aviez vu une dame de mes amies qui est plus jeune et plus belle que moi : elle a l'humeur si enjouée, qu'elle

ferait rire les gens les plus mélancoliques.
Il faut que je vous l'amène ici. Je lui ai
parlé de vous; et sur ce que je lui en ai
dit, elle meurt d'envie de vous voir : elle
m'a prié de lui procurer ce plaisir; mais je
n'ai pas osé la satisfaire sans vous en avoir
parlé auparavant. » « Madame, repris-je,
vous ferez ce qu'il vous plaira; mais quelque chose que vous me puissiez dire de
votre amie, je défie tous ses attraits de vous
ravir mon cœur, qui est si fortement attaché à vous, que rien n'est capable de l'en
détacher. » « Prenez-y bien garde, répliqua-t-elle; je vous avertis que je vais mettre votre amour à une étrange épreuve. »

Nous en demeurâmes là, et le lendemain, en me quittant, au lieu de dix scherifs, elle m'en donna quinze, que je fus
obligé d'accepter. « Souvenez-vous, me
dit-elle, que vous aurez dans deux jours
une nouvelle hôtesse; songez à la bien recevoir : nous viendrons à l'heure accou-
tumée, après le coucher du soleil. » Je fis
orner la salle, et préparer une belle
collation pour le jour qu'elles devaient
venir....

Scheherazade s'interrompit en cet endroit, parce qu'elle remarqua qu'il était
jour. La nuit suivante, elle reprit la parole dans ces termes :

~~~~~~

CLIV^e NUIT.

SIRE, le jeune homme de Moussoul continuant de raconter son histoire au médecin juif :

J'attendis, dit-il, les deux dames avec
impatience, et elles arrivèrent enfin à
l'entrée de la nuit. Elles se dévoilèrent
l'une et l'autre ; et si j'avais été surpris de
la beauté de la première, j'eus sujet de
l'être bien davantage lorsque je vis son
amie. Elle avait des traits réguliers, un
visage parfait, un teint vif, et des yeux
si brillans, que j'en pouvais à peine soutenir l'éclat. Je la remerciai de l'honneur
qu'elle me faisait, et la suppliai de m'excuser si je ne la recevais pas comme elle
le méritait. « Laissons là les complimens,
me dit-elle ; ce serait à moi à vous en faire
sur ce que vous avez permis que mon amie

m'amenât ici ; mais puisque vous voulez bien me souffrir, quittons les cérémonies, et ne songeons qu'à nous réjouir. »

Comme j'avais donné ordre qu'on nous servît la collation d'abord que les dames seraient arrivées, nous nous mîmes bientôt à table. J'étais vis-à-vis de la nouvelle venue, qui ne cessait de me regarder en souriant. Je ne pus résister à ses regards vainqueurs, et elle se rendit maîtresse de mon cœur, sans que je pusse m'en défendre. Mais elle prit aussi de l'amour en m'en inspirant ; et loin de se contraindre, elle me dit des choses assez vives.

L'autre dame, qui nous observait, n'en fit d'abord que rire. « Je vous l'avais bien dit, s'écria-t-elle en m'adressant la parole, que vous trouveriez mon amie charmante, et je m'aperçois que vous avez déjà violé le serment que vous m'avez fait de m'être fidèle. » « Madame, lui répondis-je en riant aussi comme elle, vous auriez sujet de vous plaindre de moi, si je manquais de civilité pour une dame que vous m'avez amenée, et que vous chérissez ; vous pourriez me reprocher l'une et l'autre que

je ne saurais pas faire les honneurs de ma
maison. »

Nous continuâmes de boire; mais à
mesure que le vin nous échauffait, la
nouvelle dame et moi, nous nous aga-
cions avec si peu de retenue, que son
amie en conçut une jalousie violente dont
elle nous donna bientôt une marque bien
funeste. Elle se leva, et sortit en nous disant qu'elle allait revenir; mais peu de
momens après, la dame qui était restée
avec moi, changea de visage; il lui prit
de grandes convulsions; et enfin elle rendit l'âme entre mes bras, tandis que j'ap-
pelais du monde pour m'aider à la secourir. Je sors aussitôt, je demande l'autre
dame; mes gens me dirent qu'elle avait
ouvert la porte de la rue, et qu'elle s'en
était allée. Je soupçonnai alors, et rien
n'était plus véritable, que c'était elle qui
avait causé la mort de son amie. Effectivement, elle avait eu l'adressse et la ma-
lice de mettre d'un poison très - violent
dans la dernière tasse qu'elle lui avait
présentée elle-même.

Je fus vivement affligé de cet accident.
« Que ferais-je ? dis-je alors en moi-même ;
que vais-je devenir ? » Comme je crus qu'il
n'y avait pas de temps à perdre, je fis
lever par mes gens, à la clarté de la lune
et sans bruit, une des grandes pièces de
marbre dont la cour de ma maison était
pavée, et fis creuser en diligence une fosse
où ils enterrèrent le corps de la jeune
dame. Après qu'on eut remis la pièce de
marbre, je pris un habit de voyage, avec
tout ce que j'avais d'argent, et je fermai
tout, jusqu'à la porte de ma maison, que
je scellai et cachetai de mon sceau. J'allai
trouver le marchand joaillier qui en était
le propriétaire ; je lui payai ce que je lui
devais de loyer, avec une année d'avance ;
et lui donnant la clef, je le priai de me la
garder : « Une affaire pressante, lui dis-
je, m'oblige à m'absenter pour quelque
temps ; il faut que j'aille trouver mes oncles au Caire. » Enfin je pris congé de
lui ; et dans le moment, je montai à
cheval, et partis avec mes gens qui m'attendaient....

Le jour, qui commençait à paraître,

imposa silence à Scheherazade en cet endroit. La nuit suivante, elle reprit son discours de cette sorte :

~~~~~~~~~~~~~~~~~~~~~~~~~~~~~~~~

CLV^e NUIT.

Mon voyage fut heureux, poursuivit le jeune homme de Moussoul ; j'arrivai au Caire sans avoir fait aucune mauvaise rencontre. J'y trouvai mes oncles, qui furent fort étonnés de me voir. Je leur dis, pour excuse, que je m'étais ennuyé de les attendre, et que, ne recevant d'eux aucune nouvelles, mon inquiétude m'avait fait entreprendre ce voyage. Ils me reçurent fort bien, et promirent de faire en sorte que mon père ne me sût pas mauvais gré d'avoir quitté Damas sans sa permission. Je logeai avec eux dans le même khan, et vis tout ce qu'il y avait de beau à voir au Caire.

Comme ils avaient achevé de vendre leurs marchandises, ils parlaient de s'en retourner à Moussoul, et ils commençaient déjà à faire les préparatifs de leur départ ; mais n'ayant pas vu tout ce que

j'avais envie de voir en Egypte, je quittai
mes oncles, et allai me loger dans un
quartier fort éloigné de leur khan, et je
ne parus point qu'ils ne fussent partis. Ils
me cherchèrent long-temps par toute la
ville; mais ne me trouvant point, ils ju-
gèrent que le remords d'être venu en
Egypte contre la volonté de mon père,
m'avait obligé de retourner à Damas sans
leur en rien dire, et ils partirent dans
l'espérance de m'y rencontrer et de me
prendre en passant.

Je restai donc au Caire après leur départ, et j'y demeurai trois ans pour satisfaire pleinement la curiosité que j'avais
de voir toutes les merveilles de l'Egypte.
Pendant ce temps-là, j'eus soin d'envoyer
de l'argent au marchand joaillier, en lui
mandant de me conserver sa maison ; car
j'avais dessein de retourner à Damas, et
de m'y arrêter encore quelques années. Il
ne m'arriva point d'aventure au Caire qui
mérite de vous être racontée; mais vous
allez sans doute être fort surpris de celle
que j'éprouvai quand je fus de retour à
Damas.

En arrivant en cette ville, j'allai descendre chez le marchand joaillier, qui me reçut avec joie, et qui voulut m'accompagner lui-même jusque dans ma maison, pour me faire voir que personne n'y était entré pendant mon absence. En effet, le sceau était encore en son entier sur la serrure. J'entrai, et trouvai toutes choses dans le même état où je les avais laissées.

En nettoyant et en balayant la salle où j'avais mangé avec les dames, un de mes gens trouva un collier d'or en forme de chaîne, où il y avait d'espace en espace dix perles très-grosses et très-parfaites; il me l'apporta, et je le reconnus pour celui que j'avais vu au cou de la jeune dame qui avait été empoisonnée. Je compris qu'il s'était détaché, et qu'il était tombé sans que je m'en fusse aperçu. Je ne pus le regarder sans verser des larmes, en me souvenant d'une personne si aimable, et que j'avais vu mourir d'une manière si funeste. Je l'enveloppai, et le mis précieusement dans mon sein.

Je passai quelques jours à me remettre de la fatigue de mon voyage; après quoi, je commençai à voir les gens avec qui j'avais fait autrefois connaissance. Je m'abandonnai à toutes sortes de plaisirs, et insensiblement je dépensai tout mon argent. Dans cette situation, au lieu de vendre mes meubles, je résolus de me défaire du collier; mais je me connaissais si peu en perles, que je m'y pris fort mal, comme vous l'allez entendre.

Je me rendis au bezestein, où, tirant à part un crieur, et lui montrant le collier, je lui dis que je le voulais vendre, et que je le priais de le faire voir aux principaux joailliers. Le crieur fut surpris de voir ce bijou. « Ah! la belle chose, s'écria-t-il, après l'avoir regardé long-temps avec admiration. Jamais nos marchands n'ont rien vu de si riche! Je vais leur faire un grand plaisir; et vous ne devez pas douter qu'ils ne le mettent à un haut prix à l'envi l'un de l'autre. » Il me mena à une boutique, et il se trouva que c'était celle du propriétaire de ma maison. « Attendez-moi ici, me dit le crieur, je reviendrai bientôt vous apporter la réponse. »

Tandis qu'avec beaucoup de secret il alla de marchand en marchand montrer le collier, je m'assis près du joaillier, qui fut bien aise de me voir, et nous commençâmes à nous entretenir de choses indifférentes. Le crieur revint, et me prenant en particulier, au lieu de me dire qu'on estimait le collier pour le moins deux mille scherifs, il m'assura qu'on n'en voulait donner que cinquante. « C'est qu'on m'a dit, ajouta-t-il, que les perles étaient fausses : voyez si vous le voulez donner à ce prix-là. » Comme je le crus sur sa parole, et que j'avais besoin d'argent : « Allez, lui dis-je, je m'en rapporte à ce que vous me dites, et à ceux qui s'y connaissent mieux que moi : livrez-le, et m'en apportez l'argent tout-là d'heure.

Le crieur m'était venu offrir cinquante scherifs de la part du plus riche joaillier du bezestein, qui n'avait fait cette offre que pour me sonder, et savoir si je connaissais bien la valeur de ce que je mettais en vente. Ainsi, il n'eut pas plutôt appris ma réponse, qu'il mena le crieur avec lui chez le lieutenant de police, à

qui, montrant le collier : « Seigneur, dit-
il, voilà un collier qu'on m'a volé; et le
voleur, déguisé en marchand, a eu la
hardiesse de venir l'exposer en vente, et
il est actuellement dans le bezestein. Il se
contente, poursuivit - il, de cinquante
scherifs pour un joyau qui en vaut deux
mille : rien ne saurait mieux prouver que
c'est un voleur. »

Le lieutenant de police m'envoya arrêter sur-le-champ; et lorsque je fus devant lui, il me demanda si le collier qu'il
tenait à la main n'était pas celui que je
venais de mettre en vente au bezestein. Je
lui répondis qu'oui. » Et est-il vrai, reprit-
il, que vous le voulez livrer pour cinquante scherifs? » J'en demeurai d'accord.
« Hé bien, dit-il alors d'un ton moqueur,
qu'on lui donne la bastonnade; il nous
dira bientôt, avec son bel habit de marchand, qu'il n'est qu'un franc voleur;
qu'on le batte jusqu'à ce qu'il l'avoue. »
La violence des coups de bâton me fit
faire un mensonge : je confessai, contre
la vérité, que j'avais volé le collier; et

aussitôt le lieutenant de police me fit couper la main.

Cela causa un grand bruit dans le bezestein, et je fus à peine de retour chez moi, que je vis arriver le propriétaire de la maison. Mon fils, me dit-il, vous paraissez un jeune homme si sage et si bien élevé, comment est-il possible que vous ayez commis une action aussi indigne que celle dont je viens d'entendre parler? Vous m'avez instruit vous-même de votre bien, et je ne doute pas qu'il ne soit tel que vous me l'avez dit. Que ne m'avez-vous demandé de l'argent? Je vous en aurais prêté; mais après ce qui vient d'arriver, je ne puis souffrir que vous logiez plus long-temps dans ma maison : prenez votre parti, allez chercher un autre logement. » Je fus extrêmement mortifié de ces paroles; je priai le joaillier, les larmes aux yeux, de me permettre de rester encore trois jours dans sa maison, ce qu'il m'accorda.

Hélas! m'écriai-je, quel malheur et quel affront! Oserai-je retourner à Mousoul? Tout ce que je pourrais dire à mon père, sera-t-il capable de lui persuader que je suis innocent ?

Scherazade s'arrêta en cet endroit, parce qu'elle vit paraître le jour. Le lendemain, elle continua cette histoire dans ces termes :

FIN DU TROISIÈME VOLUME.

TABLE

DU TOME TROISIÈME.

Fin de la Table du troisième volume.